बिट्टू और बबलू

(स्कूल के दिन)

सतीश कुमार

Made with ♥ on the Notion Press Platform
www.notionpress.com

क्रम-सूची

लेखक की कलम से vii

खण्ड 1

1. बिट्टू का एडमिशन 3
2. परीक्षा की सुबह 14
3. 50 पैसे 22
4. हमारे पड़ौसी 28
5. ऋषि चला ऋषिकेश 35

खण्ड 2

6. उड़ता पंछी 49
7. अनुभव एक सफर का 51
8. मैं कौन हूँ 54
9. एक लम्हा 57
10. आह ! एक सूखे कंठ की 59
11. मैं बहुत कुछ करना चाहता हूँ 62
12. आशियाना 64
13. तीन पत्ते 66
14. अगर 68
15. मजदूर 70
16. एक दिन सूरज चमकेगा 73
17. हमारा गणतंत्र 75
18. मेरे गाँव में 78
19. जीवन नहीं ठहरता 80

क्रम-सूची

20. सुबह हो रही है 81
21. काली घटाएं 82
22. मिलन 84
23. बिल्ली 86
24. मुस्कान 87
25. अब सांवन दूर नहीं 89
26. किरण 90
27. फूल 92
28. जीवन 93
29. घड़ा 95
30. मेहनत 97
31. हम वतन के दीवाने हैं 99
32. अमृत 101
33. शाम 103
34. मनोरथ 104
35. देश के लिए 106
36. वंदना 107
37. विद्यार्थी और समाज 108
38. परीक्षा 109
39. आत्मनिर्भरता 111
40. राही एक राह का 113

साहिल और मैं 115

सतीश कुमार

ITM Gurgaon (वर्तमान नाम – The Northcap University, Gurgaon) से इंजीनियरिंग की डिग्री वर्ष 2009 में पूरी करने के पश्चात सतीश कुमार एक फुल टाइम आई. टी. प्रोफेशनल हैं। एक एम.एन.सी में काम करने के साथ-साथ वह एक शौकिया लेखक हैं। लेखन की शुरुआत स्कूल समय में कविताओं के रूप में हुई फिर कॉलेज के समय से कुछ ब्लॉग्स और इसी क्रिएटिविटी ने उन्हे कहानियाँ लिखने के लिए प्रेरित किया। वह मूल निवासी दिल्ली के हैं और उनकी स्कूली पढ़ाई भी दिल्ली से हुई है। काम के सिलसिले से वह दिल्ली के अलावा देश के अन्य शहर जैसे गुड़गाँव, मुंबई, पुणे, कोयम्बटूर, बैंगलुरु और हैदराबाद में रहने का अनुभव भी ले चुके हैं। इन सभी जगहों के अनुभव इस किताब में स्पष्टतः देखे जा सकते हैं। इसके अलावा वह घूमने-फिरने, ट्रेन सफर और लोगों के कल्चर और उनकी भाषा जानने में भी काफी दिलचस्पी रखते हैं।

Email : authorsatishkumar@gmail.com
Instagram : authorsatishkumar
YouTube : @authorsatishkumar
Blog : https://satishkumar29.blogspot.com

लेखक की कलम से

कहते हैं जो कुछ होता है वह अच्छे के लिए होता है । कई बार हम जैसा सोचते हैं वैसा अक्सर होता नहीं । हम कितनी भी योजना बना लें पर कुछ घटनाएँ अपना समय लेकर ही घटती हैं । इस किताब हो प्रकाशित होने मे भी कुछ ऐसी ही समानता है । इस किताब की नींव इसके प्रकाशित होने के लगभग बीस-बाइस साल पहले ही रख दी गई थी । किताब का सारा काव्य संग्रह स्कूल के समय मे ही लिख दिया गया था पर कभी प्रकाशित ना हो सका । किताब का यह हिस्सा वर्षों से एक डायरी के पन्नों मे बंद रहा । और अब, जब यह आपके समस्त हाज़िर है तो इसमे एक अच्छी बात यह हुई कि इसमें कुछ रोचक कहानियाँ भी शामिल कर दी गई हैं । इससे कहानियाँ और कविताएं दोनों प्रकार के पाठकों का मनोरंजन हो सकेगा ।

बिट्टू और बबलू शीर्षक नाम से यह मेरी दूसरी किताब है । इस किताब की कहानियों में बचपन, स्कूल, दोस्ती और कॉमन मैन के जीवन के कुछ पहलुओं को दर्पण दिया गया है । इसी के साथ काव्य संग्रह मे दर्शन, प्रकर्ति, देशभक्ति, समाज और उनसे जुड़े कुछ व्यंग्यों को उजागर किया गया है । आप चाहे कहानियाँ पढ़ते हों या कविताएँ, उम्मीद है इस किताब के कुछ पहलुओं को आप भी अपने जीवन से जोड़ पाएंगे ।

किताब का नाम इसकी कहानियों से ही प्रेरित है और उम्मीद है यह स्कूली बच्चों की कल्पनाओं को फिर से एक नई उड़ान देने मे सार्थक साबित होगी । इस किताब को लिखने की मेरी निजी वजह क्या रही, यह वर्षों से बंद उस डायरी के सूखे पीले पड़ चुके पन्नों को फिर एक उड़ान देने के अलावा महज़ कुछ ज्यादा नहीं है ।

अंत मे आपका शुक्रिया अदा करना चाहूँगा कि अब यह किताब आपके हाथ में है तो मेरी डायरी के उन पीले पड़ चुके पन्नों की उड़ान को भी एक साहिल मिला है। इससे मेरे किताब लिखने की वजह मुकम्मल हो जाती है।

किताब का कोई भी अंश आपको पसंद आए या फिर बस यूँ ही किसी प्रकार की टिप्पणी मेरे लिए हो तो अवश्य लिखें। इससे आपसे संवाद का एक अवसर और मिल जाएगा।

सतीश कुमार

यह किताब मेरे स्कूल के सभी अध्यापकों को समर्पित है जिनके सिखाए भाषा ज्ञान ने सालों पहले इस किताब की नींव रखी और जिसकी वजह से आज इसे यह वास्तविक्ता मिल सकी।

<u>स्कूल के दिन</u>

यह किताब विशेषकर पाँचवी से दसवीं कक्षा तक के पाठकों के लिए लिखी गई है। इसके अलावा बाकी उम्रदराज के लोग इसे पढ़ते हैं तो इस किताब के पन्नों पर अपने बचपन की कुछ भूली-बिसरी यादों को जरूर संजोग पाएंगे।

खण्ड - I

कहानी संग्रह

1

बिट्टू का एडमिशन

बिट्टू की आठवीं की परीक्षा खत्म हुए एक हफ्ता गुजर चुका था। बिट्टू का रिजल्ट आने वाला था और वह अपने पिताजी विजय कुमार के साथ स्कूटर पर अपने स्कूल पेरेंट-टीचर मीटिंग मे जा रहा था। स्कूल मे बिट्टू का नाम विनय कुमार लिखवाया गया था। विनय की मम्मी सुशीला देवी ने बचपन मे उसका प्यार से यह नाम बिट्टू रखा था और घर, आस-पड़ोस मे सब उसे बिट्टू कहकर ही पुकारा करते थे।

बिट्टू अपने मम्मी-पापा के साथ दिल्ली के लक्ष्मी नगर मे रहता था और बिट्टू का स्कूल कॉलोनी के ही एक छोटे-मोटे स्कूलों मे से एक – *'सरल विद्या निकेतन'* था।

बिट्टू और उसके पापा विजय *सरल विद्या निकेतन* पहुँच चुके थे। स्कूल के बाहर बहुत भीड़ थी। काफी बच्चे अपने पेरेंट्स के साथ अपना रिपोर्ट कार्ड लेने आए थे। बिट्टू ने नर्सरी से आठवीं तक की पढ़ाई इसी स्कूल मे की थी और यह स्कूल आठवीं कक्षा तक ही था। रिजल्ट के बाद बिट्टू को दूसरे स्कूल मे दाखिला लेना था।

बिट्टू के पिताजी विजय कुमार *दिल्ली म्यूनिसिपल कॉर्पोरेसन* में एक क्लर्क की पोस्ट पर कार्यरत थे और मम्मी सुशीला देवी हाउस-

वाइफ । विजय कुमार की कुल इनकम कुछ पच्चीस-तीस हज़ार रुपये से ज्यादा नही होगी । एक बहुत ही आम परिवार और इतनी न्यूनतम सैलरी के कारण विजय ने बिट्टू का एडमिशन घर के पास वाले सस्ते स्कूल मे ही कराया था ।

बिट्टू और उसके पापा दोनों आठवीं के क्लासरूम मे पहुचें । वहाँ उनकी क्लास टीचर रूपाली शर्मा जी एक-एक करके सब पेरेंट्स को बुला रहीं थीं । अगला नंबर बिट्टू का था।

"*विनय कुमार प्लीज कम हेयर विद योअर पेरेंट्स*" रूपाली मैडम ने आवाज़ लगाई ।

बिट्टू और उसके पापा टीचर के सामने हाजिर थे और मैडम ने रिपोर्ट कार्ड के गट्ठर में से विनय का रिपोर्ट कार्ड निकाला । मैम ने रिपोर्ट कार्ड खोलकर देखा और विजय को रिपोर्ट कार्ड थमाते हुए बोली - "यह लीजिए विनय का रिपोर्ट कार्ड । विनय वैसे पढ़ाई में ठीक-ठाक है पर उसे गणित में मेहनत करने की काफी जरूरत है । गणित में उसके सिर्फ 55 प्रतिशत अंक हैं ।"

विजय ने रिपोर्ट कार्ड हाथ में लिया । विनय का कुल रिजल्ट 70 प्रतिशत था । ना ज्यादा खराब ना ज्यादा अच्छा ।

"और बताइए विजय जी, विनय का एडमिशन आगे कहाँ करवाने वाले हैं ?" मैडम ने रिपोर्ट कार्ड पर पिता का नाम पढ़ते हुए पूछा ।

"जी अभी देखते हैं । अभी तो कुछ डिसाइड नहीं किया है । पर हम विनय का एडमिशन किसी अच्छे स्कूल में ही करवाएंगे" विजय ने कहा ।

रिजल्ट के बाद बिट्टू और उसके पापा स्कूल से अपना रिपोर्ट कार्ड लेकर घर पहुंचे । वैसे विजय अपनी पढ़ाई तो ज्यादा नहीं कर पाए थे पर बिट्टू को लेकर वह बहुत महत्वाकांक्षी थे । वह खुद अपने गाँव के हिंदी मीडियम स्कूल में ही पढे थे । बिट्टू को उन्होंने एक इंग्लिश मीडियम वाले स्कूल में डाला था । अपनी आमंदनी और क्षमता के अनुसार वह गली-मोहल्ले के उस '*सरल विद्या निकेतन*' को ही अफोर्ड कर सकते थे । वैसे गली मोहल्ले का यह स्कूल नाम का ही अंग्रेजी मीडियम था । अंग्रेजी तो वहाँ बस नाम की ही सिखाई जाती थी पर विजय को यह नगर

निगम के विद्यालयों से तो बेहतर ही लगा।

शाम को घर में यह चर्चा शुरू हुई कि बिट्टू का एडमिशन नवमी में कहाँ कराया जाए ? विजय चाहते थे कि बिट्टू का एडमिशन एक अंग्रेजी मीडियम में कराया जाए जहाँ *एक्स्ट्रा करिकुलर एक्टिविटीज* भी हों और फीस भी उनके बजट अनुसार हो।

सुशीला ने कहा "जी सुनिए पड़ोस वाले शर्मा जी को फोन कीजिए, वह शायद कुछ मदद कर दें। उनकी काफी जान पहचान है और उनके बच्चे भी अच्छे स्कूल में पढ़ रहे हैं।"

"यही ठीक रहेगा। अभी फोन लगाता हूँ" विजय ने कहा।

विजय ने अपना मोबाइल फोन निकाला और सुरेंद्र शर्मा जी का नंबर डायल किया। सामने से शर्मा जी बोले। विजय ने हाल-चाल पूछा और अपने फोन करने का प्रयोजन भी उन्हें बताया।

"आप एक काम कीजिए, मैं आपको कुछ स्कूलों के नाम मैसेज करता हूँ आप वहाँ जाकर एडमिशन का पता कीजिए" – शर्मा जी बोले।

कुछ ही देर बाद शर्मा जी ने करीब पाँच-छः स्कूलों के नाम विजय को *व्हाट्सएप* पर भेज दिए। विजय अब थोड़ा आशावादी लग रहे थे और उन्होंने बिट्टू से कहा "बिट्टू कल सुबह 7:00 बजे अपने सारे सर्टिफिकेट लेकर तैयार हो जाना। कल में हाफ-डे करूंगा और हम एडमिशन का पता करने कुछ स्कूल जाएंगे।"

नए स्कूल का ख्याल आकर बिट्टू भी काफी उत्साहित लग रहा था। बिट्टू अगली सुबह नहा-धोकर तैयार था। सुबह के 7:00 बजे थे और विजय ने पुकारा "बिट्टू चलो अपने पेपर्स उठाओ और बाहर निकलें"

विजय और बिट्टू दोनों स्कूलों के दौरे पर निकल निकल चुके थे। उनकी सूची में *ग्रीनफील्ड स्कूल, ब्लूबेरी पब्लिक स्कूल* और *डॉन-बॉस्को* जैसे दिल्ली के प्रसिद्ध स्कूल शामिल थे। वह दोनों एक-एक स्कूल में जाते और वहाँ एडमिशन ऑफिस में जाकर ब्रोशर और एडमिशन की जानकारी लेते। इन सब स्कूलों में फीस काफी ज्यादा थी। हर महीने पाँच से छह हज़ार की फीस और ऊपर से किताब-कॉपी, ट्रांसपोर्ट बाकी खर्चा, यह सब विजय की पॉकेट से बाहर था।

वह लिस्ट में अंतिम स्कूल *डॉन-बॉस्को* पहुंचे। यह एक क्रिश्चियन स्कूल था और दिल्ली के टॉप स्कूलों में से एक। वहाँ भी विजय ने ब्रोशर लिया और जानकारी लेने लगे। उन्हें पता चला कि यह स्कूल एक चैरिटेबल ट्रस्ट के अंतर्गत आता है और उसकी फीस भी काफी कम थी। पर मुश्किल यह थी कि वहाँ एडमिशन के लिए कट ऑफ ही 87 प्रतिशत थी। विजय ने स्कूल के फादर से भी पर्सनली जाकर एडमिशन का आग्रह

करने की कोशिश की पर सब व्यर्थ गया। आज की उनकी यह रिसर्च खत्म हो चुकी थी। बिट्टू को घर छोड़कर विजय अपने दफ्तर निकल गए।

अगले दिन से फिर वही एडमिशन की खोज चालू हुई और इसी तरह विजय और बिट्टू ने करीबन बीस स्कूलों के चक्कर काट लिए थे पर कहीं पर कोई बात नहीं बनी। घर में रोज यह चिंता का विषय बन गया कि एडमिशन कैसे होगा? स्कूलों का नया सत्र चालू होने में एक हफ्ता ही शेष था। विजय को अभी भी कॉलोनी के सरकारी स्कूल पर भरोसा नहीं था। उनके गली मोहल्ले में काफी बच्चे ऐसे थे जो पढ़ाई में बिट्टू जितने भी अच्छे नहीं थे पर फिर भी अच्छे स्कूलों में पढ़ रहे थे क्योंकि उनके घर वाले महंगी फीस भरने में सक्षम थे। और, कुछ ऐसे भी थे जिनको कोई भी स्कूल चलेगा, आखिर में उन्हें अपने घर का फैमिली बिजनिस ही तो संभालना था। इसलिए स्कूल हिंदी मीडियम हो या अंग्रेजी मीडियम, पढ़ाई अच्छी हो या ना हो, ऐसे बच्चों और उनके घर वालों को इससे क्या ही फर्क पड़ता था।

खैर, इसी सोच-विचार में दिन पे दिन निकले जा रहे थे। इतवार का दिन था और बिट्टू ने सोचा क्यों ना अपने स्कूल के बाकी दोस्तों की भी कुछ खोज-खबर ली जाए कि वह अपना एडमिशन कहाँ कर रहे हैं।

राहुल बिट्टू का काफी अच्छा दोस्त था और वह भी बिट्टू के साथ सरल विद्या निकेतन में नर्सरी से ही साथ था। दोनों की खूब अच्छी बनती थी। बिट्टू राहुल से मिलने उसके घर गया और दोनों अपना-अपना रिजल्ट डिस्कस करने लगे। राहुल के 65 % अंक ही थे और उसने बताया कि उसका एडमिशन कल ही दिल्ली के एक अच्छे स्कूल में हो गया है और वहाँ की फीस भी कम थी। यह सुनकर बिट्टू की आशा का बांध फिर से जुड़ने लगा। वह राहुल से नए स्कूल की जानकारी लेने लगा।

घर आकर बिट्टू ने यह बात सीधे अपने पापा को बताई तो विजय भी काफी आश्चर्य में थे। आखिर उन्होंने ऐसा कौन सा स्कूल छोड़ दिया था जो अंग्रेजी मीडियम होते हुए काफी सस्ता भी था। फीस मात्र 3000 रुपए महीना। इतना तो विजय मैनेज कर सकता थे। विजय राहुल के

पिताजी को जानते थे और विजय के पास उनका फोन नंबर भी था। अब क्या विलंब करना। विजय ने तुरंत राहुल के पापा को फोन लगाया और एडमिशन की जानकारी लेने लगे।

सामने से राहुल के पिताजी बोले "विजय जी आप एक काम कीजिए, आज शाम को घर पर चाय पर आ जाइए फिर विस्तार से बातें करते हैं।"

"जी बहुत अच्छा" यह कहकर विजय ने फोन रख दिया।

शाम के 6:00 बजे होंगे और विजय, बिट्टू, राहुल और राहुल के पिताजी उनके घर के बरामदे में कुर्सी टेबल लेकर चाय पर बैठ गए। बातें शुरू हुईं और राहुल के पिताजी ने उन्हें सब विस्तार से बताया।

उन्होंने बताया कि उन्होंने राहुल का एडमिशन *चटर्जी बंगाली स्कूल* में कराया है। इस स्कूल के बारे में उन्हें उनकी कंपनी के सुपरवाइजर ने बताया था। स्कूल काफी अच्छा है और फीस भी एवरेज ही है तो उन्होंने एडमिशन में कोई देरी नहीं की।

"यह तो आपने बहुत अच्छा किया। क्यों ना हम बिट्टू का एडमिशन भी वहीं करवा दें। बिट्टू और राहुल पहले से दोस्त भी हैं" विजय बोले।

"हाँ, क्यों नहीं?, यह तो काफी अच्छा रहेगा" राहुल के पिताजी बोले।

बिट्टू और राहुल अपनी अलग-अलग चर्चा में व्यस्त थे। बिट्टू का एडमिशन राहुल के स्कूल में किया जाएगा यह सुनकर राहुल भी काफी उत्सुक था। राहुल ने बिट्टू को एडमिशन टेस्ट के कुछ सवाल भी बता दिए जिससे कि एंट्रेंस टेस्ट में शायद कुछ मदद ही हो जाए। आखिर दोनों दोस्त एक ही स्कूल में फिर से पढ़ें इसमें हर्ज ही क्या था। राहुल के मन में यही सब चल रहा था।

अगले ही दिन बिट्टू और विजय *चटर्जी बंगाली स्कूल* पहुंचे। सबसे पहले बिट्टू का एंट्रेंस टेस्ट लिया गया जिसमें वह पास हो चुका था। टेस्ट में काफी सवाल राहुल के बताए हुए ही आए थे। विजय ने एडमिशन की सारी फॉर्मेलिटीस पूरी की जैसे एडमिशन फीस, सिक्युरिटी फीस वगैराह-वगैराह। इसी के साथ स्कूल मे बिट्टू का ट्रांसफर सर्टिफिकेट और चरित्र प्रमाण पत्र भी जमा करवाया गया।

बिट्टू काफी उल्लास मे नजर आ रहा था । दूसरी ओर विजय भी निश्चिंत थे क्यूंकि एक तो इंग्लिश मीडियम ऊपर से फीस भी कम । दोनों जन एडमिशन करवा कर घर की ओर वापस चल दिए ।

अगले ही दिन विजय ने बिट्टू के एडमिशन की खुशी में अपने दफ्तर के सारे स्टाफ को लड्डू बाँटे । दफ्तर में शुक्ला जी ने उनकी इस खुशी का कारण पूछा तो विजय ने बिट्टू के एडमिशन का किस्सा शुक्ला जी को विस्तार से सुनाया ।

शुक्ला जी भी काफी जानकार व्यक्ति थे और आसपास की खबरों में काफी रुचि लिया करते थे । विजय की बात सुनकर शुक्ला जी बोले "विजय, *चटर्जी बंगाली स्कूल* अच्छा तो है पर वहाँ पर इंग्लिश कन्वर्सेशन काफी कम है । मैं आपको एक स्कूल का नाम बताता हूँ वह आपके हिसाब से बिल्कुल सही रहेगा ।"

शुक्ला जी की बातें सुनकर विजय फिर दुविधा में पड़ गए और सोचने लगे अब क्या किया जाए ? अब तो फीस भी भर दी और सर्टिफिकेट भी जमा कर दिए हैं । शुक्ला जी ने आश्वासन दिलाया कि आप कल ही *मॉडर्न पब्लिक स्कूल* में जाकर एडमिशन का पता कीजिए । फीस और सर्टिफिकेट्स बंगाली स्कूल से वापस कैसे लाने हैं वह बाद में सोचेंगे ।

विजय का पूरा ध्यान फिर से वही एडमिशन की सुई पर जा अटका । उतनी ही फीस में अगर और ज्यादा अच्छा स्कूल मिल जाए तो इसमें हर्ज ही क्या ? इसी उधेड़बुन में पड़े विजय और बिट्टू अगले ही दिन '*मॉडर्न पब्लिक स्कूल*' में जानकारी लेने पहुंचे तो उनकी आंखें तो खुली की खुली रह गईं । स्कूल में इतना बड़ा क्रिकेट, बास्केटबॉल ग्राउंड, ऑडिटोरियम देखकर उन्हें लगा कि स्कूल की फीस तो बहुत ज्यादा होगी । आठ-दस हज़ार रुपये महीना से तो क्या ही कम ।

दोनों एडमिशन ऑफिस पहुंचे । एडमिशन से पहले यहाँ भी बिट्टू को एंट्रेंस टेस्ट देना अनिवार्य था । एक तरफ बिट्टू टेस्ट दे रहा था और दूसरी तरफ विजय फीस वगैराह की जानकारी ले रहे थे । यह स्कूल भी एक चैरिटेबल संस्था के आगामी था और इसकी फीस पाँच हजार रुपये महीना । बिट्टू का टेस्ट खत्म हो चुका था और वह रिजल्ट की प्रतीक्षा में थे ।

करीबन तीस मिनट बाद स्कूल के एक अध्यापक बिट्टू की आंसर शीट लिए आए और बोले "जी सुनिए, बिट्टू ने 100 में से 65 नंबर अर्जित किए हैं । यहां पर टेस्ट की कट ऑफ 70 अंक है । इसलिए हम एडमिशन की प्रक्रिया आगे नहीं बढ़ा पाएंगे ।"

यह सुनकर बिट्टू के चेहरे पर निराशा फिर से छा गई और विजय भी स्पीचलेस हो गए । विजय को समझ नहीं आ रहा था कि आगे क्या बात करें । इतना अच्छा स्कूल और एक्स्ट्रा करिकुलर एक्टिविटीज की उत्तम व्यवस्था । चटर्जी बंगाली स्कूल में तो ऐसा कुछ नजर नहीं आया था ।

इस सोच विचार में पड़े विजय ने अध्यापक से संकोच में कहा "सर कोई और उपाय है एडमिशन का ? बिट्टू सिर्फ गणित में ही थोड़ा कमजोर है । बाकी विषयों में तो ठीक-ठाक ही है । अगर कुछ हो सकता है तो बताइए"

यह सुनकर अध्यापक ने कुछ सेकंड सोचा और बोले - "हम अपने स्कूल में पढ़ाई के अलावा *एक्स्ट्रा करिकुलर एक्टिविटीज* को भी बहुत महत्व देते हैं । अगर आपके पास बिट्टू के किसी *एक्स्ट्रा करिकुलर ऐक्टिविटी* का कोई कोई प्रमाण या सर्टिफिकेट है तो शायद कुछ बात बन जाए ।"

यह सुनकर विजय और बिट्टू थोड़ा संतोष में आए और विजय बोले "जी जरूर, बिट्टू ने अपने पिछले स्कूल के में काफी एक्टिविटीज में पार्टिसिपेट किया है ।" विजय ने फोल्डर से बिट्टू की सर्टिफिकेट निकालते हुए कहा ।

उन्होंने करीबन दर्जन भर सर्टिफिकेट अध्यापक को हाथ में थमा दिए ।

अध्यापक ने गौर से एक-एक सर्टिफिकेट देखे । उसमें से कुछ पोयम रेसिटेशन के थे, कुछ खेलकूद में और कुछ चित्रकला प्रतियोगिता में ।

अध्यापक बोले - "शायद इससे कुछ बात बन जाए।"

यह सुनकर बिट्टू और विजय दोनों के चेहरे पर थोड़ी मुस्कान फिर से लौट आई । अध्यापक प्रिंसिपल रूम में अंदर गए और कुछ सलाह मशवरा करके पाँच मिनट बाद वापस लौटे ।

“जी आपका काम बन गया । प्रिंसिपल मैडम ने इन सर्टिफिकेट्स के लिए 10 ग्रेस मार्क्स दे दिए हैं । अब आप बिट्टू का एडमिशन यहाँ करवा सकते हैं । आप एडमिन ऑफिस में जाइए और एडमिशन की फॉर्मेलिटीस पूरी कीजिए ।“ सामने से यह जवाब आया ।

विजय और बिट्टू दोनों हर्षो उल्लास में थे । विजय फीस जमा करने लगे । स्कूल में फिर से टी. सी. यानी की ट्रांसफर सर्टिफिकेट और चरित्र प्रमाणपत्र की मांग की गई ।

“अगर हम यह सर्टिफिकेट कल दे दें तो कोई प्रॉब्लम तो नहीं है सर ?” - विजय ने पूछा ।

“ठीक है कोई बात नहीं । कल तक जमा कीजिए । पर ध्यान रहे कल का कल ही”

“जी आपका बहुत-बहुत धन्यवाद” विजय ने सामने खड़े स्कूल स्टाफ से कहा ।

विजय और बिट्टू वापस घर पहुंचे और उन्होंने यह खबर सुशीला को सुनाई । यह सुनकर सुशीला भी खुशी से फूली ना समाई और बोली “मैं आज बिट्टू के एडमिशन की खुशी में सारे पड़ोस में मिठाई बाँटूँगी”

अब सिर्फ एक ही दिक्कत थी कि चटर्जी बंगाली स्कूल से सर्टिफिकेट और फीस वापस कैसे ली जाए ? सारी रात विजय यही सोच विचार में लगे रहे । खैर, अगले दिन विजय और बिट्टू चटर्जी बंगाली स्कूल पहुंचे और एडमिशन रद्द की एक अर्जी दी गई । एडमिन ऑफिस का हेड पूछने लगा कि परसों ही तो आपने एडमिशन करवाया था और आज एडमिशन कैंसिल करवाने आ गए । ऐसे थोड़े ही होता है । दिल्ली में स्कूलों एडमिशन की कितनी मारामारी है आपको पता है ना ? और फीस तो यहाँ की ना के बराबर ही है, फिर क्या हो गया ?

असल में बात यह है कि मैं सेंट्रल गवर्नमेंट का कर्मचारी हूँ और इत्तेफाकन कल ही हमारे ऑफिस में ट्रांसफर सर्कुलर जारी किए गए हैं । तो हमें दिल्ली से बाहर ट्रांसफर किया जाएगा । इसलिए यहाँ स्कूल जारी नहीं कर पाएंगे । विजय अपने उसूलों के पक्के इंसान थे । वह ऐसा झूट कभी नहीं बोलते पर बिट्टू के सुनहरे भविष्य के खातिर उन्हे झूट भी बोलना पड़ा ।

यह सुनकर एडमिन हेड ने थोड़ा मुँह बनाया और कहा "खैर हम ऐसे बेवजह किसी का एडमिशन कैंसिल नहीं करते और ना ही फीस रिफंड की कोई पॉलिसी है । आप एक सरकारी कर्मचारी हैं तो मैं एक्सेप्शनली आपका एडमिशन कैंसिल अप्रूव कर रहा हूँ ।"

"जी आपका बहुत-बहुत धन्यवाद !" विजय ने सर का हाथ जोड़कर शुक्रिया अदा किया और अपने सर्टिफिकेट और फीस वापस लेकर वहाँ से निकले ।

चटर्जी बंगाली स्कूल से निकलकर दोनों सीधे '*मॉडर्न पब्लिक स्कूल*' पहुंचे । वहाँ उन्होंने तुरंत प्रमाण पत्र जमा करे और एडमिशन कन्फर्म करवाया । बिट्टू अब मॉडर्न पब्लिक स्कूल का विद्यार्थी बनने जा रहा था । विजय ने अंततः चैन की सांस ली और सुशीला को भी फोन करके यह खबर सुना दी ।

विजय और बिट्टू दोनों स्कूटर पर बैठे- बैठे घर की ओर चलने लगे । सुशीला ने बिट्टू के एडमिशन की खुशी मे पूरी गली मे बूंदी के लड्डू बांटे ।

<u>नया स्कूल</u>

नए स्कूल का पहला दिन था । बिट्टू नवमी कक्षा मे प्रवेश कर रहा था । कुछ बच्चे पहले से ही आ चुके थे और कुछ धीरे-धीरे आते जा रहे थे । तभी बिट्टू क्या देखता है कि उसके पिछले स्कूल *सरल विद्या निकेतन* का ही उसका एक और दोस्त मोहित भी उसे आता हुआ दिखाई दिया ।

दोनों की नजरें आपस मे टकराई और मोहित हैरानी से हाथ बढ़ाते हुए बोला "अरे विनय !, तू इस स्कूल मे ?"

"अरे मोहित तू यहाँ पर कैसे ?" विनय भी बोला ।

बिट्टू मोहित को देखकर बहुत खुश हुआ। खैर नए स्कूल मे राहुल ना सही, मोहित तो था उसका साथ देने के लिए। कुछ देर मे दोनों अपने-अपने एडमिशन की कहानी एक-दूसरे को सुनाने लगे। स्कूल के मॉर्निंग प्रेयर की घंटी बजी और सब विद्यार्थी ग्राउन्ड की तरफ बढ़ने लगे।

2

परीक्षा की सुबह

रोज-मर्राह की तरह उस दिन की सुबह भी कुछ अलग ना थी जब दिल्ली शहर के मुखर्जी नगर की गलियां फिर से लोगों से खचाखच भरी हुई थीं। इस भीड़ मे नब्बे प्रतिशत विद्यार्थी ही नजर आते थे।

पतझड़ की उस सुबह मे झाड़ूवाले रोज सड़क से ढेरों पत्ते साफ करते और अगले दिन फिर वही दोहराते। अखबार वाले आज भी अपनी साइकिलों पर चलते-फिरते घरों मे अखबार फेंक रहे थे। रेहड़ी पर सब्जी वाले गा–गाकर अपनी सब्ज़ियाँ बेच रहे थे और कुछ रिटायर्ड सीनियर सिटीजन्स अपनी-अपनी मॉर्निंग वॉक से लौट रहे थे।

युवा पीढ़ी तो अपने-अपने बस्ते उठाए सुबह-सुबह अपने स्कूल या इंस्टीट्यूट की तरफ दौड़ लगाते ही नजर आती थी। चूंकि मुखर्जी नगर की यह युवा पीढ़ी पूरी रात किताबों और चर्चाओं में व्यस्त रहती थी तो स्कूल की तरफ दौड़ ही उनका एकमात्र व्यायाम था। इन्हीं व्यस्त गलियों में एक पी. जी. के टॉप फ्लोर पर एक कमरा था। यह कमरा अभिनव ने कुछ महीने पहले ही किराए पर लिया था।

अभिनव ग्यारहवीं कक्षा में कॉमर्स का छात्र था और उस कमरे में अकेला रहता था। वह कुछ महीने पहले ही बिहार से दिल्ली अपनी ग्यारहवीं की पढ़ाई जारी करने आया था।

अभिनव का घर दरभंगा जिले के एक छोटे से गांव में था और उसके माता-पिता वहीं रहते थे । अभिनव ने अपनी दसवीं की परीक्षा अपने जिले के सेकंडरी विद्यालय से की थी । वह एक मेधावी छात्र था । अभिनव के चाचा जी दिल्ली शहर में कार्यरत थे और उन्हीं की सलाह पर अभिनव के पिताजी उसे दिल्ली में अपनी पढ़ाई जारी करने पर मान गए । अभिनव का दाखिला पास के ही *'न्यू एरा पब्लिक स्कूल'* में कराया गया था और उसका नया सत्र शुरू हुए करीबन तीन महीने बीत चुके थे । उस दिन से सत्र की तिमाहिया परीक्षा आरंभ थी और आज पहला पेपर गणित का था ।

सुबह के करीबन 8:30 बजे होंगे और सूरज की किरण पूरे कमरे में फैल गई थीं । उस 10x12 फीट के कमरे के एक कोने में 4x6 फीट के एक बिस्तर पर अभिनव अभी भी खर्राटे मार कर गहरी नींद ले रहा था । उसके मोबाइल की घंटी सुबह से तीसरी बार बज रही थी पर उसे कोई सुद नहीं थी ।

बाजू में एक कटोरी में रखे बचे-खुचे लड्डू पर मक्खियों रह-रहकर भिनक रही थीं । माँ ने बड़े प्यार से अभिनव के लिए बेसन के लड्डू बनवाकर भेजे थे । मक्खियां उसके कान पर झन्नाती और वह फिर करवटें बदल कर सो जाता ।

इस बार फोन की घंटी चौथी बार बज रही थी । अभिनव की नींद टूटी और आधी नींद में बिस्तर पर हाथ से फोन टटोलने लगा । हाथ इधर-उधर करने के बाद उसने फोन अपने कान पर लगाया और उबासी लेते हुए बोला "*हैल्ल्ल्लो !*"

सामने से आवाज आई "बबलू बेटा स्कूल पहुँच गए ? आज तुम्हारा पहला पेपर है ना ?" कहाँ पर हो ? हम लोग सुबह से तुम्हें फोन कर रहे हैं ।"

"हाँ पापा, आज गणित का पेपर है । मेरी तैयारी पूरी है । बस अभी निकल रहा हूँ ।" - बबलू ने आलस भरी आवाज में फिर से उबासी लेते हुए कहा ।

अभिनव के घर वाले प्यार से उसे बबलू कहकर ही पुकारते थे । यह उसका निक नेम था ।

"पर तुम्हारा स्कूल तो सुबह 8:00 बजे से होता है ना? तुम अभी भी सो रहे हो क्या ?" सामने से पापा ने पूछा ।

इसी दौरान अभिनव ने अपनी नजर फुर्ती से सामने टंगी दीवार घड़ी पर घुमाई और क्या देखता कि घड़ी में 8:30 बज चुके थे । पहले तो उसे अपनी आंखों पर यकीन नहीं हुआ । उसने फिर से अपनी आँखें मलते हुए दीवार घड़ी की ओर देखा । घड़ी की सुइयाँ अभी भी वहीं की वहीं । यह देखकर अभिनव के बिस्तर तले जैसे जमीन हिल गई । उसका खून सूखने लगा । उसके गले से कुछ आवाज नहीं निकल रही थी । उसने तुरंत फोन काटा और बिस्तर से उठ खड़ा हुआ ।

अभिनव एक मेधावी छात्र रहा था और आज तक उसने अपनी कोई भी परीक्षा मिस नहीं करी थी और ना ही उसने कभी सपने में सोचा था कि वह कभी कोई परीक्षा मिस करेगा ।

वह अभिनव के लिए बहुत ही निराशाजनक दिन था । वहाँ स्कूल में परीक्षा चालू हो चुकी थी और वह अपने पी.जी. से निकला भी नहीं था । वैसे वह रोज सुबह 6:30 बजे उठता था और 7:30 बजे तक नाश्ता करके स्कूल के लिए निकल जाता था । पी.जी. में खाने पीने की पूरी व्यवस्था थी और वह सुबह नाश्ता वहीं से करके निकलता था ।

मुखर्जी नगर की वह सुबह अभिनव के लिए अलग ही थी। अभिनव को कुछ भी सूझ नहीं रहा था। कभी वह बाथरूम की तरफ भागता, कभी मुँह में ब्रश दबाए अपना स्कूल बैग संभालने लगता तो कभी अलमारी से अपने कपड़े निकालने लगता। इस आनन-फानन में उसे कुछ समझ नहीं आ रहा था और दिमाग में काफी हलचल होने लगी। "क्या मुझे परीक्षा हॉल में कोई एंट्री देगा ? क्या मैं अपना पेपर लिख पाऊंगा ? क्या मैं अपनी ग्यारहवीं की पहली परीक्षा में ही फेल हो जाऊंगा ?"

जल्दबाजी में कभी कुछ सामान हाथ से गिराता तो कभी कुछ। फाइनली अभिनव आधा घंटा लेकर दरवाजे से निकलने को था। ऐसी हालत में नाश्ते का तो कोई सवाल ही नहीं था। वह डोर लॉक करके फटाफट सीढ़ियां उतरने लगा।

गली में थोड़ी दूर जाते ही उसे एक खाली रिक्शा मिला और आधे घंटे पश्चात अभिनव अपने स्कूल पहुंचा। पहुंच कर देखा की एंट्री गेट बंद कर दिए गए थे और सिक्योरिटी गार्ड के अलावा गेट पर और कोई नहीं था।

"भैया आज मेरा पहला पेपर है और मैं लेट हो गया हूँ। प्लीज मुझे अंदर जाने दीजिए।" अभिनव ने रिक्वेस्ट की।

सिक्योरिटी गार्ड ने कुछ जवाब नही दिया और अपने सिक्योरिटी रूम में चल दिया। अभिनव ने शीशे से झांक कर देखा तो वह फोन पर किसी से बात करने लगा था। शायद उसने प्रिंसिपल रूम में फोन मिलाया होगा अभिनव सोच रहा था।

अभिनव के हाथ पैर कांप रहे थे। उसकी नर्वसनेस चेहरे पर साफ झलक रही थी। कुछ देर बाद सिक्योरिटी गार्ड बाहर निकला और बोला "आप अंदर हॉल में तुरंत जाइए।"

बस इतना सुनते ही अभिनव के पैर अपने आप चलने लगे और उसकी जान में थोड़ी जान आई।

वह स्कूल के कॉरिडोर में भाग रहा था और उसके पैरों की आवाज सन्नाटे में दूर-दूर तक गूँज रही थी। कुछ ही देर में वह परीक्षा हॉल में घुसा। चारों तरफ शांति थी। सारे विद्यार्थी लंबी कतारों में अपने-अपने बेंच पर बैठे हुए थे और अपना पेपर लिखने में मगन थे। शायद ही कोई

उसकी तरफ देखकर अपना वक्त जाया करने में इंटरेस्टेड था ।

परीक्षा शुरू हुए ऑलरेडी एक घंटा बीत चुका था । अभिनव ने सामने बैठे अध्यापक से कहा "*एक्सक्यूज मी मैम*, मैं आज थोड़ा लेट हो गया । क्या आप मुझे एक्साम मे बैठने दे सकती हैं ?"

मैम ने बिना कुछ कहे अपनी घड़ी की तरफ देखा और अपना मुँह बनाते हुए बोली "अभी तक तुम कहाँ थे ? यह एग्जाम हॉल में आने का कौन सा समय है ? व्हॉट इज़् योअर नेम ?"

"मैम माई नेम इज़् अभिनव, अभिनव रंजन कुमार"

मैडम इधर-उधर अपनी डेस्क पर कुछ ढूंढने लगी और रजिस्टर में से एक कोरा कागज निकाला । कागज पर कुछ नोट लिखा और अभिनव के हाथ में थमा दिया ।

"जाइए और इस नोट पर श्रीमती चटर्जी, हमारी हेडमिस्ट्रेस का साइन लेकर आइए । मैं इसके बिना आपको पेपर लिखने की अनुमति नहीं दे सकती ।"

यह सुनकर अभिनव मन ही मन फिर कुड़कुड़ाया और बोला "फिर एक झमेला । एक तो पहले से लेट ऊपर से यह सब"

उसके हाथ-पैर फिर से कांपने लगे और वह तुरंत हेडमिस्ट्रेस के रूम की तरफ बढ़ा ।

श्रीमती चटर्जी बड़े ही शांत स्वभाव की इंसान थीं और बच्चों से उनका रवैया काफी अच्छा था । मिसेज चटर्जी से मिलने पर अभिनव ने उन्हें वह नोट उनके हाथों में थमाया और संक्षिप्त में अपनी कहानी सुनाई ।

"मैम, मैं कल रात 3:00 बजे तक पढ़ाई कर रहा था और सुबह मेरा अलार्म भी नहीं बजा इसलिए मैं आने में लेट हो गया" अभिनव बोला।

घबराए हुए अभिनव को देखकर मिसेज चटर्जी अभी भी शांत ही थी । उन्होंने वह परमिशन नोट साइन करके अभिनव को वापस कर दिया ।

"आगे से ऐसा नहीं होना चाहिए । *यू शुड टेक केयर । डू नॉट स्टडी टिल लेट नाइट । नाओ गो एंड फिनिश योर एग्जाम*" मिसेज चटर्जी ने समझाते हुए कहा ।

'थैंकयू वेरी मच, मैंम' - अभिनव बोला और वापस परीक्षा हॉल की तरफ भागने लगा ।

उसने वह नोट हॉल में बैठी मैम को दिया और अपना प्रश्न पत्र लेकर अपने रोल नंबर वाली सीट पर जा बैठा ।

फाइनली अभिनव की जान में जान आई । वह अपने बस्ते मे से अपना पेन और ज्योमेट्री बॉक्स निकालने लगा । उसे पेन तो मिला पर ज्योमेट्री बॉक्स बैग में कहीं नहीं दिख रहा था । सोचने पर याद आया कि उसने रात ज्योमेट्री बॉक्स अपने बैग से प्रैक्टिस के लिए निकाली थी और सुबह जल्दबाजी में वापस बैग में रखना भूल गया । अब उसके पास ले-देकर एक पेन ही था । क्योंकि यह गणित का पेपर था तो ज्योमेट्री बॉक्स की भी आवश्यकता थी ।

फिलहाल अभिनव ने सोचा अभी पेपर स्टार्ट करते हैं और बाकी प्रश्न के लिए दूसरे विद्यार्थियों से स्केल, कंपास आदि मांग लिया जाएगा।

अभिनव प्रश्नपत्र को तेजी से ऊपर से नीचे तक पढ़ने लगा। ज्यादातर प्रश्न उसके हल किए हुए ही लग रहे थे। अभिनव ने लिखना शुरू किया और उसके हाथ फिर से कांपने लगे। उस दिन की घटना ने उसे काफी नर्वस कर दिया था। वह ठीक से लिख भी नहीं पा रहा था।

ज्यादातर जवाब आने के बाद भी वह बार-बार गलतियां किए जा रहा था। जवाब लिखता और फिर काट देता और बार-बार अंकों की कैलकुलेशन में भी गलती हो रही थी।

वह अपनी इस हालत की वजह जानता था पर फिर भी अपने हाथों और दिमाग को स्थिर नहीं रख पा रहा था।

परीक्षा का आधे से ज्यादा समय पहले ही निकल चुका था। परीक्षा समाप्त में सिर्फ एक घंटा ही शेष था। जैसे-तैसे अभिनव एक घंटे में जो लिख सकता था लिखा और अंततः अपनी आंसर शीट एग्जामिनर को हैंडोवर कर दी।

11:00 बज चुके थे। सब लोग परीक्षा हॉल से वापस अपने घर की तरफ लौटने लगे। अभिनव को कुछ याद नही था कि वह पेपर में क्या सही लिख कर आया है और क्या गलत। सही गलत सोचते-सोचते वह भी बाकी बच्चों के साथ स्कूल से बाहर निकाला और अपने पी.जी. की तरफ पैदल-पैदल चलने लगा। इस बार उसने ना कोई रिक्शा किया और ना किसी बस में बैठा। बस ऐसे ही अपने ख्यालों मे डूबा सड़क पर पैदल–पैदल चल दिया।

वह अपने कमरे में पहुंच चुका था। उस दिन उसने एक निर्णय लिया कि अब वह किसी भी परीक्षा के पहले की रात में ऐसे नहीं जागेगा। अभिनव काफी मेहनती था और गणित में काफी अच्छा भी। रात में नींद पूरी ना होने के कारण और नर्वसनेस ने उसका सारा काम चौपट कर दिया था। उसको समझ आ चुका था कि - ***जीवन मे किसी भी परीक्षा में सिर्फ मेहनत करना ही काफी नहीं होगा उसे अनुशासन से भी चलना पड़ेगा। दिमाग को हमेशा स्थिर रखना होगा।*** उसके लिए यह सीख उसके जीवन का सत्य बन चुकी थी।

10 साल बाद

अभिनव उर्फ बबलू के साथ घटी उस घटना को दस साल गुजर चुके थे। वह *'न्यू एरा पब्लिक स्कूल'* का एनुअल डे था। इसी अवसर पर दिल्ली के रेवेन्यू डिपार्टमेंट के एक आई.ए.एस अफसर को चीफ गेस्ट के सम्मान में इनवाइट किया गया। तब तक मिसेज चटर्जी स्कूल की प्रिंसिपल बन गई थीं। प्रिंसिपल मैडम स्कूल के मेन गेट पर एक बुके लिए मुख्य अतिथि का इंतजार कर रही थीं।

सामने से एक सफेद एंबेसडर और एक पुलिस वाहन आते नजर आए और स्कूल के फ्रंट गेट के सामने रुक जाते हैं।

प्रिंसिपल मैडम समझ जाती है कि यह चीफ गेस्ट की ही गाड़ी है।

वह धीरे-धीरे गाड़ी की तरफ आगे बढ़ती हैं। चीफ गेस्ट अपनी गाड़ी का दरवाजा खोले बाहर निकलते हैं।

"वैलकम टू न्यू एरा पब्लिक स्कूल" प्रिंसिपल मैडम बुके प्रेजेंट करते हुए बोली।

'थैंक यू मैडम' चीफ गेस्ट बोले।

प्रिंसिपल मैडम और चीफ गेस्ट दोनों ऑडिटोरियम की और बढ़ने लगे।

स्टेज पर प्रवक्ता चीफ गेस्ट जी का स्वागत करते हुए बोले *"ऑन दिस ऑकेजन ऑफ एनुअल डे, टुडे वे हार्टिली वेलकम आवर चीफ गेस्ट, माननीय मिस्टर अभिनव रंजन कुमार - फ्रॉम मिनिस्ट्री ऑफ़ रेवेन्यू डिपार्टमेंट, न्यू दिल्ली"*

इसी के साथ सारी ऑडियंस ताली बजाकर चीफ गेस्ट का स्वागत करने लगी और पूरा हॉल तालिया के शोर से गूँज पड़ा।

3

50 पैसे

कुछ साल पहले की बात है । यह दिल्ली शहर का किस्सा है । शाम के करीबन 6:00 बजे होंगे और सुमित रोज की ही तरह अपने कोचिंग इंस्टिट्यूट से क्लासेस खत्म करके फ्लैट पर वापस पहुँच चुका था । सुमित ने अपना बैग अपने पलंग पर फेंका, अपने जूते उतारे और बाथरूम में हाथ-मुँह धोने चला गया । दूसरे कमरे के एक कोने में नितिन अपनी टेबल पर किताबों के बीच ही घुसा हुआ था । सुमित बाथरूम से फ्रेश होकर निकला । सुमित ने देखा कि नितिन एक हाथ से अपने सिर के बाल उंगलियों से निरंतर चोटी बनाकर घुमाते रहता और दूसरे हाथ से अपने नोट्स बना रहा था ।

तभी सुमित को दरवाजे पर किसी के आने की आवाज आई । बाहर देखा तो बलजीत भी अपने जिम से वापस आ चुका था । सुमित शर्मा, नितिन अग्रवाल और बलजीत सिंह तीनों रूममेट्स थे और दिल्ली के मुनिरका कॉलोनी में एक किराए के दो बेडरूम वाले फ्लैट में रहते थे ।

किराए का वह फ्लैट मुनिरका की पतली-पतली गलियों में से एक मकान की दूसरी मंजिल पर था । मुनिरका की यह कॉलोनी स्टूडेंट्स और बेचेलर्स से भरी हुई थी । सुमित और नितिन ने पहले यह फ्लैट किराये पर लिया था और सबसे आखिर में बलजीत रूममेट बना था ।

सुमित और बलजीत दोनों एक ही कमरे में रहते थे । उस कमरे में दो बेड, दो अलमारी और एक कुर्सी-टेबल यही कुछ फर्नीचर होगा और दूसरे कमरे में नितिन अकेला रहता था ।

वास्तव में सुमित, नितिन और बलजीत तीनों अलग-अलग शहरों से दिल्ली में पढ़ने आए थे । सुमित कानपुर का रहने वाला था और *दिल्ली विश्वविद्यालय के शिवाजी कॉलेज* में बी.एस.सी कर रहा था और साथ में यू.पी.एस.सी की तैयारी भी । नितिन बनारस का रहने वाला था और दिल्ली में CA की तैयारी कर रहा था । साथ ही में उसने दिल्ली विश्वविद्यालय के *अरविंदो कॉलेज* में बी.कॉम में एडमिशन लिया था ।

फिलहाल में ही नितिन ने CA Foundation का पेपर पास किया था और अब CA Inter की तैयारी में व्यस्त रहता था । पढ़ाई में कोई बाधा ना हो इसलिए उसने अपना कमरा भी शेयरिंग पर नहीं दिया ।

वहीं बलजीत भी जालंधर से दिल्ली पढ़ने ही आया था । बलजीत को ना ही IAS अफसर बनने में कोई रुचि थी और ना ही CA बनने में । बलजीत को तो Indian Army जॉइन करनी थी । पढ़ाई में वह कुछ खास अच्छा नहीं था । बलजीत ओपन से बी.ए. की पढ़ाई कर रहा था जो कि सिर्फ नाम के लिए ही थी । वास्तव में तो वह फिज़िकल की ही तैयारी में लगा रहता था । वह रोज अपने खाने-पीने और कसरत में नियमित रहता और फोर्सेस जॉइन करने के लिए पूरा फोकस्ड था ।

इसी तरह उस घर में तीनों लोग अलग-अलग शहरों से आए थे । तीनों लोगों के अपने-अपने सपने थे जिसे वह साकार करने अपने घरों से दूर दिल्ली शहर में आ बसे थे ।

सुमित को शाम को चाय पीने की आदत थी । इंस्टीट्यूट से वापस आकर वह अपने लिए अदरक वाली गर्म चाय बनाता था और चाय की चुस्कियों के साथ अपनी पढ़ाई शुरू करता । नितिन को चाय पीने में कोई रुचि नहीं थी वह रोज दूध ही पीया करता था ।

सुमित ने अपने कपड़े चेंज करें और किचन में चाय बनाने पहुंचा । किचन में जाकर देखा तो पतीले में एक बूंद दूध भी नहीं बचा था । फ्रिज टटोला तो वहाँ भी दूध का कोई पैकेट नही मिला । दूध खत्म हो चुका था । सुमित ने सोचा बाहर बाजार से दूध खरीदने जाना चाहिए ।

बलजीत भी अपने जिम से आकर अपने कपड़े चेंज करके फ्रेश हो चुका था और आकर केले पर केले दबा रहा था । सुमित ने बलजीत से कहा "चल बलजीत बाहर थोड़ा घूम आते हैं । फ्रिज मे दूध खत्म हो गया है इसी बहाने दूध भी खरीद लेंगे"

"ठीक है सुमित, चलो चलें" बलजीत ने आखिरी केला मुँह में ठूसते हुए जवाब दिया ।

सुमित और बलजीत दोनों अपने-अपने मोबाइल और वॉलेट उठा कर दरवाजे से बाहर निकले । दोनों ग्राउंड फ्लोर पर पहुंच चुके थे ।

"मैं नितिन से भी पूछ आता हूँ शायद उसे भी बाजार से दूध मंगवाना हो । वह तो वैसे भी दूध ही पीता है । हमारी तरह चाय से तो उसका काम ही नहीं चलता । जब से उसकी इंटर की क्लासेस शुरू हुई हैं तब से तो वह शायद ही अपने कमरे से बाहर निकलता है । बलजीत एक मिनट रुक, मैं अभी आता हूँ" सुमित ने कहा ।

बलजीत ग्राउन्ड फ्लोर पर ही सुमित का इंतजार करने लगा । बाजार घूमने और इधर-उधर टाइम पास करना एक CA aspirant के टाइम टेबल में होता ही नहीं है । अगर वह ऐसे ज्यादा टाइम पास करने लगे तो पढ़ाई के लिए कहाँ ज्यादा समय निकलेगा ।

सुमित तेजी से सीढ़ियाँ चढ़ता और नितिन के कमरे में पहुँचा । सुमित ने देखा कि नितिन अभी भी उसी अवस्था में बैठा था जैसे उसे आधे घंटे पहले देखा गया था । वह अभी भी अपने सिर के बालों में उंगलियां फसाता और दूसरे हाथ से कैलकुलेटर पर कुछ कैलकुलेशन करने में लगा हुआ था ।

"भाई नितिन, बलजीत और मैं बाहर जा रहे हैं । तुझे कुछ मंगवाना हो तो बता । दूध, फ्रूट्स वगैराह कुछ भी ?"

नितिन का ध्यान अभी भी कैलकुलेशन करने में था और आँखें किताबों में ही गढ़ी हुई थीं । नितिन लिखते-लिखते ही बोला "हाँ सुमित, मेरे लिए भी एक दूध का पैकेट ले आना ।"

"ठीक है तेरे पास छुट्टे पैसे हैं तो दे दे । मुझे भी जल्दी से चाय पीनी है । हम यूँ गए और यूँ आए"

पैसे का नाम सुनकर नितिन का ध्यान टूटा और वह बोला "पैसे ? कौनसे पैसे ? दूध का पैकेट कितने का आता है ?"

"साढ़े नौ रुपये का", सुमित ने जवाब दिया।

"तो तेरे पास मेरे दस रु पहले से ही जमा रखे है" नितिन बोला।

"मेरे पास तेरे दस रु ? दस रु तूने कब दिए ?" सुमित ने अपनी याद्दाश टटोलते हुए पूछा।

"अच्छा एक बात बता, तू कितने दिन से मेरे लिए दूध का पैकेट खरीद रहा है?"

"यही करीबन एक महीना हो चुका है। जब से तेरी इन्टर की क्लासेस शुरू हुई हैं तबसे तूने बाहर निकालना काफी कम कर दिया है और तब से हम ही बाजार से दूध खरीद कर ला रहे हैं" सुमित दिन गिनते हुए बोला।

"ठीक है तो मे अब समझता हूँ। दूध का कोस्ट है साढ़े नौ रु और मैं रोज तुझे दस रु देता था। करेक्ट ?"

"हाँ करेक्ट"

बलजीत अभी भी नीचे खड़ा हुआ था और सुमित का इंतजार कर रहा था।

नितिन आगे बोला "देख, दूध का कोस्ट है साढ़े नौ रु तो बाकी के 50 पैसे तो तूने मुझे एक महीने से कभी वापस दिए ही नहीं। तो हिसाब लगाया जाए तो एक महीने से कम से कम दस रु तो जमा हो ही चुके हैं।"

नितिन की ऐसी कैलकुलेशन सुनकर सुमित हैरानी मे पड़ गया। आज तक ऐसा हिसाब तो उसके मम्मी–पापा ने भी उससे नहीं पूछा था। नितिन की बातें सुनकर सुमित का मुँह खुला रह गया।

नितिन ने सुमित को पहली बार ऐसी अजीबो-गरीब कैलकुलेशन करने पर मजबूर कर दिया था। भला दूध के पचास पैसों का भी उसे कभी कोई हिसाब देना पड़ेगा उसने ऐसा सोचा नहीं था। नितिन अग्रवाल, एक तो बनिया परिवार से और ऊपर से CA का स्टूडेंट, पैसों के हिसाब में कोई चूक हो जाए यह तो उसके खून में ही नहीं था।

"अरे नितिन, आज तो तूने बिल्कुल पक्के बनियों वाली बात कर दी । आज देख भी लिया कि बनिये आखिर व्यापार में क्यों तरक्की करते हैं । आज लाइव देख भी लिया" सुमित ने अपने दांत चमकाते हुए नितिन की तारीफ मे कहा ।

"चाहे पचास पैसे हों या पचास रु, दोनों की काफी अहमियत है । देख मैं समझाता हूँ ।"

"अच्छा मुझे यह बता कि भारत की आबादी कितनी है ?" नितिन ने सवाल किया ।

"करीबन एक सौ बीस करोड़ होगी ।"

"अच्छा, तो अगर एक सौ बीस करोड़ जनता के बैंक खातों मे से मात्र एक पचास पैसे का भी घपला हो जाए तो कुल कितने रु का गबन होगा ?"

"साठ करोड रुपए" सुमित अपना बड़ा सा मुँह खोलते हुए बोला और अपने सिर पर हाथ रख लिया ।

“IAS aspirant तो हम हैं पर देश की असली अर्थव्यवस्था तो CA के हाथों में है । मान गए गुरु”, सुमित बोला ।

“हाँ CA का काम है ही ऐसा । अगर हम लोग पचास-पचास पैसे ऐसे ही हिसाब में भूलने लगे तो फिर चल गया देश ।“

ऐसी बातें सुनकर सुमित के लिए अब मात्र पचास पैसों की अहमियत भी बन चुकी थी । उसी के साथ सुमित की नजरों में नितिन के लिए उसकी इज्जत भी बढ़ गई थी ।

“भाई तू पढ़ाई कर । तेरे लिए आज दूध और जलेबी मेरी तरफ से फ्री । हम लोग अभी गए और अभी आए ।“

इतना कहकर सुमित को याद आया कि वह बलजीत को तो नीचे फ्लोर पर ही छोड़ आया था ।

“मैं चलता हूँ । बलजीत मेरा नीचे बहुत देर से इंतजार कर रहा है ।“ सुमित वापस दरवाजे की तरफ मुड़ते हुए बोला ।

सुमित नीचे सीढ़ियाँ उतरने लगा और देखा तो बलजीत आसपास नहीं दिख रहा था । सुमित गली में बाहर निकला तो देखा कि बलजीत बाहर मकान मालिक के स्कूटर पर बैठा मोबाइल पर किसी से बातें कर रहा था । सुमित को आते देख बलजीत स्कूटर से उठा और दोनों बाजार की तरफ चलते बने । कुछ मिनट बाद बलजीत ने फोन रखा और सुमित से पूछा “सुमित मैं कब से तेरा इंतजार कर रहा था । तू कहाँ रह गया था ?”

“कुछ नहीं मेरी जेब से पचास पैसे खो गए थे । वही ढूंढने में थोड़ा समय लग गया ।“

“50 पैसे ? पर सुमित तू 50 पैसे क्यों ढूंढने लगा था ?”

सुमित ने बाजार के रास्ते में चलते-चलते पिछले कुछ मिनटों में हुई सारी गोष्ठी बलजीत को समझ दी । सुमित और बलजीत दोनों को 50 पैसे की कीमत समझ आ चुकी थी । अब वह भी हर एक पैसा सोच समझ कर खर्च करते । उस दिन तीनों दोस्तों ने छक कर दूध और जलेबी खाए ।

4

हमारे पड़ौसी

वह बैंगलौर के वाइडफील्ड एरिया में स्थित एक गेटेड सोसायटी थी जिसमे सैकड़ों फ्लैट्स थे । उन्ही घरों की एक दस मंजिला बिल्डिंग के एक चौथे माले पर राहुल और एकता कुछ दिनों से निरंतर अपना घर सैट करने में लगे हुए थे ।

वास्तव में राहुल और एकता तीन हफ्ते पहले ही बैंगेलौर शहर में शिफ्ट हुए थे । दोनों मूल निवासी दिल्ली के थे । दोनो की शादी को लगभग तीन साल गुजर चुके थे । हाल ही में राहुल को बैंगलौर की एक एम.एन.सी में जॉब का नया आफर मिला और उसने यह अवसर अपने हाथ से जाने नहीं दिया ।

जॉइनिंग के कुछ दिनों तक तो राहुल को कंपनी द्वारा अरेंज़्ड होटल मे स्टे दिया गया था । काफी घूमने-फिरने और मशक्कत के बाद उन्हे वह किराए का टू-बी.एच.के. फ्लैट मिला था ।

एकता पहली बार दिल्ली से बाहर किसी नए शहर रहने आई थी पर राहुल पहले भी कुछ शहरों मे थोड़े था ज्यादा समय के लिए रह चुका था ।

वह पहली बार नही था जब राहुल बैंगलोर आया था । बैंगलोर और दिल्ली के अलावा वह मुम्बई, पुणे, जयपुर, चेन्नई इन शहरो का भी

अनुभव ले चुका था। कभी काम के बहाने और कभी घूमने के अवसर से।

कुछ साल पहले वह बैंगलोर मे एक ट्रेनिंग के अवसर से आया था और एक डेढ़ महीने रहा था। आज का बैंगलौर और उस समय का बैंगलौर राहुल को बिल्कुल अलग ही प्रतीत होता था। उस समय का बैंगलौर काफी साफ-सुथरा और हरा-भरा दिखाई देता था और आज जहाँ देखो वहीं कन्सट्रक्शन चल रहा था। जहाँ नजर घुमाओ वहीं शोर-शराबा और ऊँची-ऊँची अंडर कन्सट्रक्शन बिल्डिंग्स और ऑफिसेस ही नजाए आते थे। ट्रैफिक की समस्या तो पहले भी थी पर अब और बद्तर हो चुकी थी। इन्ही सब के फलस्वरुप आज के बैंगलौर और उस पुराने बैंगलोर मे जमीन आसमान का अंतर था।

पर जो बात अच्छी थी वह था कि बैंगलोर का मौसम अभी भी काफी सुहावना था। यह बैंगलोर की खास बात है कि साल के बारह महीनों यहाँ लगभग एक जैसा ही मौसम रहता है। बैंगलोर शहर की हवा में एक ताजगी थी जो किसी और शहर में अनुभव करने को नहीं मिली थी। यह भी एक कारण था जिसकी वजह से राहुल दिल्ली से बैंगलौर करीबन 2000 कि.मी. दूर आ बसा था।

एकता एक कम्पनी में बतौर एडीटर की पोस्ट पर थी। उसका काम फुल्ली रिमोट था और वह घर से ही आठ घंटे काम किया करती थी। राहुल को ऑफिस ही जाना पड़ता था। चूंकि एकता घर से काम करती थी तो उसके पास घर के बाकी काम और अपने लिए भी थोड़ा समय निकल जाता था।

वही समय राहुल अक्सर ऑफिस से आते-जाते ट्रैफिक में गवां दिया करता था और यह समस्था बैंगलौर में रहने वाले हर शक्स के साथ थी।

एकता अक्सर अपने समय का सदुपयोग क्रिएटिव कामों में करती थी। उसे आर्ट एण्ड क्राफ्ट का काफी शौक था। वह स्केचेस भी अच्छे बना लिया करती थी। दूसरी ओर राहुल को आर्ट एण्ड क्राफ्ट तो नही पर लोगों से घुलने-मिलने और नए दोस्त बनाने का शौक था। पर घर को सजाने मे दोनों का अपना-अपना योगदान था। दोनों जहाँ भी कही घूमने जाते थे वहाँ से जरुर कुछ न कुछ डेकोरेशन या शो-पीस वगैराह

खरीद लाते थे और दोनों ही इसमें भरपूर दिलचस्पी लेते थे ।

दो-तीन महीने गुजरने के बाद राहुल और एकता अपने नए घर में सैटल हो चुके थे । वह जरुरत की आस-पास की कुछ जगहों से भी वाकिफ हो गए थे जैसे शोपिंग-मॉल, मार्केट, डी-मार्ट आदि ।

राहुल शाम के वक्त बाहर टहलने जाया करता था और इसी बहाने वह सोचता कि आस-पड़ोस के नए लोगों से जान-पहचान भी बढ़ेगी और वह नई जगह पर नए दोस्त भी बना पाएगा ।

इतना वक्त बैंगलोर में गुजारने के बाद राहुल को ढिल्ली शहर और बैंगलोर में एक बड़ा फर्क नजर आता था । जब वह दिल्ली में था तो वहाँ आते-जाते पास-पड़ोस के लागों से हाय-हैलो, नमस्ते कर लिया करता था और सामने वाले लोग भी मुस्कुरा कर जवाब देते और रूचि लेते थे । इसी तरह उसके पडौस में उसके काफी दोस्त बन गए थे । वह अक्सर उनके साथ धूमने का प्लान बनाया करता था । और वहीं बैंगलोर में कुछ महीने बिताने के बाद भी राहुल आस-पडौस के लोगों को कुछ खास जान नही पाया था ।

सिक्युरिटी गार्ड, रोज आते डिलीवरी ब्वाय और सफाई वालो के अलावा उसे सब लोग अंजान ही प्रतीत होते थे । औरों का तो कुछ ज्यादा नही पर उसे अपने सामने वाले घर की तरफ देखकर हमेशा बड़ी हैरानी होती थी । कहने को तो सामने वाले घर में एक छोटी फैमिली रहती थी पर शायद ही कभी कोई बाहर आता-जाता दिखता । दोनों घर के मेन डोर आमने-सामने ही खुलते थे ।

सामने वाले दरवाजे पर एक नेम प्लेट लगी थी और उस पर लिखा था – वेंकटेश अईयर (Senior Engineer, Ministry of Telecommunication) जी हाँ, सामने वाले घर में वेंकटेश अंकल, विनिथा आंटी और उनका एक बीस-बाईस साल का बेटा यह तीनों जन रहते थे ।

अंकल और आंटी शायद ही घर के बाहर कभी नजर आते । सिवाय सुबह-सुबह 9:00 बजे जब वेंकटेश अंकल अपने ऑफिस जाने के लिए बाहर निकलते और विनिथा आंटी उन्हें लंच बॉक्स लाकर हाथ मे थमाती । शाम को फिर वापस घर मे एंट्री करते नजर आते । बस इतना ही ।

राहुल के लिए यह काफी हैरानी की बात थी । ऐसा नही था कि सोसायटी में कोई सोशल एक्टिविटीस नहीं होती थी । वहाँ पर हर छोटे से छोटा त्यौहार भी मनाया जाता था और उसमें काफी लोग पार्टिसिपेट भी करते थे । पर सामने वाले अंकल-आंटी सालों से यहाँ रहने के बावजुद भी एक एंकात कल्चर ही फौलो करते थे और ऐसा ही उनके बेटे के साथ था ।

एक आई.टी. कम्पनी मे काम करने के वावजुद भी उनका बेटा कभी किसी से सौश्लाइज करते हुए अजर नही आया था । कुल मिलाकर परिवार के तीनों सदस्यों में से शायद की कभी कोई घर के बाहर नजर आता ।

राहुल को लगा शायद यही बैंगलोर का नोर्मल कल्चर है ।

एक रोज की बात है जब राहुल शाम को सीढ़ियों पर आते-जाते, वेंकटेश अंकल के सामने टकरा गया और अंकल के सामने आते ही मुस्कुराते हुए बोला "हैलो ! अंकल"

यह सुनकर अंकल काफी अचंभित हो गए और उनका फेस एक्सप्रेशन ही चेंज हो गया । उनका चेहरा देखकर ऐसा प्रतीत हुआ जैसे अंदर ही अंदर बोल रहे हों "यह शक्स आखिर मुझे हैलो क्यूँ बोल रहा है ? हमारा तो एक-दूसरे से कोई काम भी नही है ।"

थोडा पौज़ लेते हुए अंकल ने भी एक जबरदस्ती वाली स्माइल पास कर दी और फिर आगे बढ़ चले । कुल मिलाकर राहुल की अंकल से वह पहली मुलाकात थी जिसमे सिर्फ राहुल ही दिलचस्पी ले रहा था ।

कुछ महीने गुजरने के बाद दीपावली का त्यौहार आया । राहुल और एकता अपने घर को शिद्धत से सजाने में व्यस्त थे । पूरे घर को लाइटिंग, दीया और मोमबत्तियों से जगमग कर दिया गया था । दरवाजे पर रंगोली भी बनाई गई थी और दोनों दिवाली पूजा करके निपट चुके थे । अगर उस समय दोनो दिल्ली में होते तो आस-पड़ोस में मिठाइयां और खील-बताशे का आदान-प्रदान चल रहा होता । पर यहाँ किसको दिवाली की मिठाई दी जाए दोनों सोचने लगे ।

राहुल को कुछ खनका और बोला "चलो आज सामने वाले अंकल-आंटी को मिठाई दे आते हैं । इसी बहाने उनसे दो टूक बातें भी हो जाएंगी

और थोड़ी जान पहचान भी बढ़ जाएगी ।"

पडौस मे जान-पहचान बढ़ाने से कभी-कभी एक दूसरे की मदद भी हो जाती है । दोनों ने मिठाई का डब्बा उठाया और सामने वाले दरवाजे की घंटी बजाने लगे ।

कुछ दस सेकंड बाद विनिथा आंटी ने दरवाजा खोला और दोनों को ताकती रही । शुरुआत एकता ने करी और बोली – '*हैप्पी दिवाली आंटी, दिस इज़् योअर दिवाली स्वीट्स*'

"*ओहहह ! थैंक...यू*" आंटी मुसकुराते हुए बोली और अंदर आने का आग्रह करने लगी । तीनों दरवाजे से थोड़ा घर के अंदर थे और आंटी बोली "*कम ऑन, हेव ए सीट*"

"*नहीं आंटी थैंक्यू, वी विल सिट नेक्स्ट टाइम*" राहुल बोला ।

थोड़ी इधर-उधर की बातें हुई और फिर कुछ मिनट में राहुल और एकता अपने दरवाजे की तरफ लौटने लगे । दोनों अपने दरवाजे पर पहुंचे ही थे कि पीछे से आंटी की आवाज आई – "*कैन आई सी योअर हाउस ?, योअर हाउस सिम्स टू बी वेरी इंटरेस्टिंग*"

आंटी काफी एक्साइटेड लग रही थीं और धीरे-धीरे आगे कदम बढ़ाने लगी । राहुल और एकता दोनों एक स्वर में बोले – "*वाए नॉट, प्लीज कम, यू आर मोस्ट वेलकम आंटी*"

आंटी राहुल और एकता के घर के अंदर थीं । चारों ओर रंग-बिरंगी रोशनी देखकर प्रफुल्लित हो गई । चूंकि आंटी की मातृभाषा कन्नड थी और उन्हे ज्यादा हिन्दी बोलनी नहीं आती थी तो वह अंग्रेजी मे ही बातें कर रही थीं ।

उनकी नजर घर में जहाँ-जहाँ पड़ती वहीं उनकी आंखें अटक जातीं । उनके लिए घर की हर चीज विरली लग रही थी । कभी वह दीवार पर टंगी एकता की बनाई हुई स्केचेस देखती तो कभी अलमारी में लगे ढेरों शो-पीस जो अलग-अलग जगहों से चुन-चुनकर लाए गए थे । फिर वह समुद्र के किनारे से उठाए गए शेल्स और पत्थर हों जिन पर एकता ने कलाकारी करी हुई थी या फिर बालकनी में गाड़ी के वेस्ट टायर्स से बनी बैठक हो । घर की हर चीज में उन्हें एक आर्टिस्टिक वर्क और क्रिएटिविटी नजर आ रही थी और जो सच भी थी ।

इसी दौरान आंटी ने बताया कि अक्सर जब-जब वह राहुल एकता के घर का दरवाजा खुलते हुए देखती थी तो सामने नजर आती चीजें उन्हें काफी आकर्षित करती थीं और उन्हें करीब से देखने की काफी इच्छा होती थी। पर वह कभी भी कह ना सकी। आज बात हो ही रही थी तो उन्होंने यह अवसर हाथ से जाने ना दिया।

घर को डेकोरेट करने में राहुल और एकता दोनों ने मेहनत की थी तो दोनों ही उन्हें घर की चीजों के बारे में बताने में इंटरेस्ट ले रहे थे और उसे सुनने में आंटी उनसे ज्यादा एक्साइटिड थी।

"आफ्टर इयर्स आई हैव सीन सच ए क्रिएटिव हाउस" आंटी बोली।

"थैंक्यू आंटी" राहुल और एकता दोनों एक साथ बोले।

वह पहली बार था जब दोनों की आंटी से इतनी मुलाकात और बातचीत हुई थी। कुछ ना सही चलो दिवाली के बहाने ही सही।

काफी देर बातें होने के बाद आंटी बोली *"एकता, विल यू टीच मी सम आर्ट एंड क्राफ्ट ? आई आल्सो वांट टू डेकोरेट माई हाउस, बट नेवर गॉट चांस तो स्टार्ट, केन यू हेल्प मी ?"*

आंटी ने बताया कि वह अपने बचपन मे आर्ट एंड क्राफ्ट किया करती थीं पर उसके बाद कभी फिर से स्टार्ट नहीं कर सकीं। वह चाहती थीं कि अपनी लाइफ मे वही हॉबी और पैशन फिर से वापस लाएं।

इतना सुनकर एकता भी काफी खुश हुई और आंटी के चेहरे पर इतनी उत्सुकता देखकर हैरान भी । पहले तो कभी आंटी से बात तक नहीं हुई थी और अब वह उन्हें अपने इंटरेस्ट के बारे में भी बता रही थीं और हेल्प भी मांग रहीं थी ।

एकता को इसमें कोई हर्ज ना था और बिना कुछ ज्यादा सोचे बोली – *"वाय नॉट आंटी, वी केन मीट एनी टाइम ऑन वीकेंड्स । लेट्स स्टार्ट समथिंग न्यू, यू केन ऑल्सो डेकोरेट योअर हाउस एंड ब्रिंग क्रिएटिव चाइल्ड बैक इन यू"*

इतना सुनकर आंटी काफी खुश हुई और *'थैंक यू वेरी मच'* बोलकर अपने दरवाजे लौटने लगी । एक तो दिवाली और ऊपर से पड़ोसियों से मुलाकात, राहुल और एकता के लिए वह शाम काफी अच्छी गुजर रही थी ।

अगले कुछ हफ्ते एकता को जब भी समय मिलता वह अपने आइडियास आंटी के साथ शेयर करती और आंटी उन्हें क्रिएटिव रूप देने की कोशिश करती ।

पहले आंटी सिर्फ कुछ नोवेल्स, टीवी और किचन में ही व्यस्त रहती थीं । अब उनके पास ऐसे ढेरों क्रिएटिव आइडियाज थे जिसे वह अमल मे लाना चाहती थी । कुछ महीने बीतने के बाद विनिथा आंटी ने भी सोश्लाइज होना चालू कर दिया था । उन्हें समझ आने लगा था कि पास-पड़ोस के लोगों से घुलना-मिलना भी कितना जरूरी है ।

लोग एक दूसरे से बहुत कुछ सीखते हैं और इसी कारण आज वह भी काफी कुछ नया सीख गई थीं । अब उनके पास कभी बोर होने की कोई वजह नहीं थी । इसी का परिणाम था कि सोसाइटी के अगले होने वाले रंगोली कॉन्टेस्ट मे आंटी ने प्रथम पुरस्कार अर्जित किया ।

देर आए दुरुस्त आए - यह विनिथा आंटी पर बिल्कुल फिट बैठता था ।

यह देखर वेंकटेश अंकल भी काफी हैरान थे और उन्मे भी काफी बदलाव आ चुके थे । अब अंकल जब भी कभी आते-जाते दिखते तो जरूर बोलते – *'हैलो राहुल ! हाओ आर यू ?'*

5

ऋषि चला ऋषिकेश

सुबह के छः बजे थे और ऋषि के कानों में अलार्म की घंटी ट्रन-ट्रन करके बजने लगी। ऋषि फुर्ती से बिस्तर से उठ खड़ा हुआ। वैसे रोज ऋषि सात बजे के आस–पास उठा करता था पर आज का दिन उसके लिए बहुत खास था। ऋषि पाँचवी कक्षा मे पढ़ता था और उस दिन उसके स्कूल से दो दिन की पिकनिक का टूर ऋषिकेश कैम्पिंग के लिए जा रहा था और यही खास बात थी कि पिकनिक पर जाने के लिए आज वह रोज से एक घंटा पहले ही उठ चुका था।

रात को उसने अपनी मम्मी से सुबह 6:00 बजे का अलार्म लगवा लिया था जिससे कि वह सुबह टाइम पर तैयार हो जाए।

ऋषि गुरुग्राम के एक जाने माने स्कूल *'ओर्किड पब्लिक स्कूल'* में पढ़ता था। वहाँ पर कुछ गिने चुने एन.आर.आई. के बच्चे भी पढ़ते थे। ऋषि अपने मम्मी–पापा के साथ गुरुग्राम के *सुशांत लोक कॉलोनी* मे एक बहुमंजिला सोसाइटी मे रहता था।

उस सोसाइटी मे काफी बड़े-बड़े और महंगे घर थे। ऋषि के पिता मिस्टर राजीव वर्मा एक आई.टी. कंपनी मे वाइस-प्रेसिडेंट के पद पर थे और काफी अच्छा कमा लेते थे। राजीव वर्मा का यह सोशल स्टेटस बचपन से ही ऐसा नहीं था। राजीव का बैकग्राउंड एक मध्यम वर्गीय

परिवार से ही था। *Delhi College of Engineering* से IT की पढ़ाई और काफी मेहनत के बाद वह इस पद पर पहुँच पाए थे। राजीव की पत्नी उर्मी बी.कॉम. पास थी। शादी के बाद कुछ साल तक तो वह भी एक अकाउंट फर्म में जॉब करती थीं पर अब वह हाउस मेकर ही थीं।

हाँ, तो अब सुबह के 6:30 बजे होंगे और ऋषि अपनी कैजुअल ड्रेस में रेडी हो रहा था।

"ऋषि डाइनिंग टेबल पर आओ ब्रेकफास्ट रेडी है" उर्मी ने पुकारा।

घर में खाने और सफाई के लिए मेड भी लगाई हुई थी। मेड सुबह 7:00 बजे के बाद ही आती थी तो नाश्ता ऋषि की माँ उर्मी ने ही बनाया था। नाश्ते मे पोहा बनाया गया था और साथ मे बॉर्नविटा वाला दूध।

उधर राजीव भी उठ चुके थे और पच्चीसवें माले की अपनी बालकनी में बैठे *'टाइम्स ऑफ इंडिया'* पढ़ रहे थे। साथ में चाय भी थी। ऋषि खाने की मेज पर बैठा और पोहे और दूध की तरफ देखने लगा।

"क्या मम्मी, दूध ब्रेड ही काफी था। इतनी सुबह-सुबह पोहा कौन खाता है?" ऋषि मुंह बनाते हुए बोला।

"गुड़गाँव से ऋषिकेश का रास्ता काफी लंबा है ऋषि बेटा। पता नहीं कब लंचब्रेक हो। सुबह-सुबह थोड़ा हैवी नाश्ता ही ठीक रहेगा" ऋषि की मम्मी ने बोला।

ऋषि चुन-चुनकर पोहा खाने लगा। उसने पोहे में से मूँगफली के दाने निकाल कर प्लेट के एक साइड में ही रख दिए। दूध मे बॉर्नविटा था तो वह जल्दी से गटक गया और होंठों पर लगे दूध को जीभ से लपेटने लगा।

"मेरा नाश्ता हो गया मम्मी" ऋषि बोला।

ऋषि ने अपना बैग पैक उठाया और चिल्लाया" पापा मैं रेडी हूँ, आओ स्कूल चलें।"

राजीव अपना अखबार छोड़कर उठे और दराज़ मे से गाड़ी की चाबी लिए वह भी तैयार थे। शनिवार का दिन था तो राजीव की भी छुट्टी थी। एक एम.एन.सी मे काम करने के कुछ तो फायदे हैं। शनिवार और इतवार दो दिन छुट्टी के मिल जाते हैं सप्ताह में। वरना सरकारी नौकरी में तो अभी भी काफी डिपार्टमेंट्स में सप्ताह के छह दिन काम लिया

जाता है ।

"रुको ऋषि, एक मिनट" उर्मी पीछे से आवाज लगाती हुई आई और ऋषि की शर्ट की पॉकेट की जेब में पॉकेट मनी रखते हुए बोलीं ।

"ऋषि कैंप से बाहर इधर-उधर मत जाना और अपने दोस्तों के साथ ही रहना और कुछ भी परेशानी हो तो टीचर्स को बता देना ।"

"ओके मम्मी, बाय-बाय" कहते हुए ऋषि अपने पापा के पीछे-पीछे लिफ्ट की ओर बढ़ने लगा ।

लिफ्ट को पच्चीसवें फ्लोर पर आते-आते एक मिनट से ज्यादा हो चुका था और लिफ्ट खुली । ऋषि फुर्ती से अपना बैग पैक टांगे लिफ्ट में घुस गया ।

सुबह देर ना हो जाए इस कारण रात को ही ऋषि ने अपना गॉगल, ट्रैक पैंट, कपड़े वगैरह सब पैक कर लिए थे । ऋषि पिकनिक फन के लिए पूरी तरह तैयार था ।

राजीव ने अपनी कार पार्किंग से निकाली और दोनों स्कूल के रास्ते में थे । सुबह के 7:00 बजे थे और ऊपर से छुट्टी वाला दिन, स्कूल पहुँचने में बीस मिनट से ज्यादा नहीं लगे । वैसे रोज ऋषि स्कूल बस से ही स्कूल जाता था और ट्रैफिक मिलाकर पैंतालीस मिनट लग जाते थे पहुँचने में ।

ऋषि और राजीव दोनों स्कूल के बाहर पहुँच चुके थे । पिकनिक पर जाने वाली एक बड़ी बस स्कूल के मेन गेट पर ही खड़ी थी । उस दिन स्कूल के अंदर जाने की भी जरूरत नहीं थी । स्पोर्ट्स टीचर के अलावा 6 टीचर्स और 45 बच्चे उस ट्रिप पर जा रहे थे ।

ऋषि काफी एक्साइटिड लग रहा था । रेपोर्टिंग टाइम 7:45 का था और ऋषि टाइम पर स्कूल पहुँच चुका था ।

कुछ ही देर में ऋषि के दोस्त अरुण और ध्रुव भी अपने पेरेंट्स के साथ अपना बैगपैक लिए स्कूल के बाहर पहुँच चुके थे । ऋषि, अरुण और ध्रुव तीनों पक्के दोस्त थे और मिलते ही अपनी गपशप मे लग गए ।

थोड़े ही देर में स्पोर्ट्स टीचर मिस्टर सुरेंद्र मिश्रा जी ने आवाज लगाई *"ऑल स्टूडेंट्स प्लीज मेक ए लाइन फॉर अटेंडेंस"*

सब बच्चे एक कतार में बस के सामने खड़े हो गए और एक-एक करके बस में बैठने लगे । ऋषि ने बस में चढ़ते हुए अपने पापा राजीव को

वेव किया और बाय कहा। राजीव ने भी हंसते हुए दूर से बाय कर दिया।

ऋषि बस में बैठ चुका था। चूंकि तीनों दोस्तों को एक साथ बैठना था तो तीनों ने बस की सबसे पिछली वाली सीट पर अपनी जगह बना ली। सबसे पीछे दो सीट खाली थी। बाकी दो सीटों पर क्लास के दो और बच्चे बैठ गए।

"ऑल स्टूडेंट्स रेडी फॉर फन ?" मिश्रा सर ने बस में खड़े होकर अनाउंसमेंट करी और सब बच्चे पूरे जोश में लग रहे थे।

"यस सर" सब बच्चे बड़ी उत्साह से एक स्वर में चिल्लाते हुए बोले।

इसी के साथ स्टूडेंट्स और टीचर सब बस में अपनी-अपनी जगह पर सेटल हो गए। बस स्टार्ट होकर निकल चुकी थी। रास्ते में सब बच्चे अपनी-अपनी चटर-मटर बातों में लगे थे। कुछ बच्चे खिड़की से बाहर के नजारे लेते और कुछ बस में बैठते ही थोड़े ही देर में अपनी सीट पर सो पड़े। लगता था सुबह-सुबह कुछ ज्यादा जल्दी ही उठ गए थे और अपनी नींद पूरी करने में लगे थे। उधर बस की सबसे पीछे वाली सीटों पर ऋषि, अरुण और ध्रुव निरंतर अपनी गपशप में व्यस्त थे। उनकी बातें तो कभी खत्म होने वाली ही नहीं लग रही थीं। कभी वह कैंप में साथ-साथ रहने की प्लानिंग करते और कभी ऋषिकेश में ट्रेकिंग के बारे में सोचकर उत्साहित होते। यह सफर तीनों दोस्तों के लिए काफी रोमांचक होने वाला था। गुड़गाँव, दिल्ली से बाहर निकलकर रास्ते में काफी खेत और हरियाली नजर आने लगी थी। उस दिन ऋषि पहली बार ऋषिकेश पिकनिक पर जा रहा था वह भी इतनी दूर अपने मम्मी पापा के बगैर। इतना लंबा सफर और तीनों दोस्त, काफी अच्छा तालमेल बना हुआ था। ऋषिकेश तक के रास्ते में लगभग दो-तीन बायो ब्रेक लिए गए और दोपहर के लिए बस को एक रेस्टोरेंट पर रोका गया। सभी बच्चों का लंच स्कूल से ही पैक करवा लिया गया था। हर बच्चे के लिए एक-एक बॉक्स रेडी किया गया था जिसमें पराठे, आलू की सब्जी, एक समोसा और एक लड्डू भी था। कमी थी बस कोल्ड-ड्रिंक्स की तो रेस्टोरेंट से सबके लिए फ्रूटी और कोल्डड्रिंक खरीदा गया। खाने के बाद ऋषि को नींद के झोंके आने लगे। चलती बस में गहरी शांति थी। बस में आगे बैठीं टीचर्स भी नींद में थीं। बस का ड्राइवर निरंतर बस रफ्तार में चलाए जोश में लग

रहा था। बस ड्राइवर्स को शायद ऐसे रूटीन की आदत पड़ जाती है। उस दिन आसमान में थोड़े बादल भी आते जाते दिखाई दे रहे थे। कभी धूप और कभी छांव आती। ड्राइवर मस्ती से अपने केबिन में रेडियो पर *कुमार सानू* के गाने लगाए बस भगाने में मगन था।

शाम हो चली थी और बस कुछ घंटों से पहाड़ों के बीच ही चल रही थी। रास्ते थोड़े संकरे हो चले थे। सड़क के एक तरफ पहाड़ और दूसरी तरफ गहरी खाई दिखाई दे रही थी। पहाड़ हरे-भरे पेड़ों से घिरे हुए थे।

अंधेरा होते-होते बस कैम्पिंग साइट के बाहर पहुँच चुकी थी। सामने बड़े-बड़े बोर्ड पर लिखा था *'The Wild Camping'* ऋषि ने पढ़ते हुए बोला। मिश्रा जी सब बच्चों को एक-एक करके बस से उतारने लगे और कतार में अंदर बढ़ने के लिए बोलते। कैंपिंग साइट में लगभग पच्चीस टैंट नजर आ रहे थे और वह एक कमरे जितने बड़े थे। वह जगह नॉर्मल होटल या रिजॉर्ट जैसी नहीं थी। वहाँ सिर्फ बड़े-बड़े टैंट नजर आ रहे थे और दो रातें सबको इसी में गुजारनी थी। टीचर्स ने सब बच्चों को एक जगह कतार में खड़ा किया और सबको इंस्ट्रक्शंस देने लगे।

अलका बेनर्जी मैंम बोली - "देखो बच्चा लोग, यहाँ पर हम सब टैंट में स्टे करने वाला है। एक टैंट में तीन बच्चा लोग रहेगा। कोई भी बच्चा बिना पूछे इधर-उधर जंगल में नहीं जाएगा। यहां रात को जंगली जानवर आता है और शेर भी। हमारा परमिशन के बिना कोई कुछ नहीं करेगा। समझा सब बच्चा लोग?"

अलका मैम ने सारी इंस्ट्रक्शंस क्लियर कर दी।

"*येस मैम*" सब बच्चे एक साथ बोले ।

"अब सब बच्चा लोग तीन-तीन का ग्रुप बनाकर टैंट में जाओ", मैम ने लास्ट इंस्ट्रक्शन देते हुए कहा ।

सब बच्चे अपना ग्रुप बनाने में इतर-बितर होने लगे । उधर ऋषि, अरुण और ध्रुव का तो पहले से सब सॉर्टेड ही था । इससे पहले की कोई और उनके सबसे कोने वाले पसंदीदा टैंट में घुसे, तीनों फुर्ती से टैंट में भागे और अपना कब्जा जमाया । उस कैंप साइट की लोकेशन मनमोहक थी । कैंप साइट के बाजू में ही गंगा नदी बह रही थी जिसमें तेज प्रभाव से सफेद पानी साँय-साँय किए जा रहा था । पानी बहुत ठंडा था और साफ भी । नदी के किनारे बड़े-बड़े पत्थर भी रखे हुए थे और उसी के किनारे सबके टैंट एक कतार में लगे हुए थे । यह लोकेशन पहाड़ों के बिल्कुल बीचों-बीच स्थित थी और दूर-दूर तक आसमान, पहाड़, पेड़ और इस नदी के अलावा और कुछ दिखाई नहीं दे रहा था । तीनों बच्चों ने अपना सामान टैंट में रखा । टैंट में तीन बेड लगे थे और एक खिड़की भी बनी हुई थी ।

तीनों आसपास की जगह का ब्योरा लेने टैंट से बाहर निकले । बाकी बच्चे अभी भी अपने टैंट में सेटल हो रहे थे। ऋषि और उसके दोनों दोस्त टैंट से बाहर नदी के किनारे बड़े-बड़े पत्थरों पर खड़े हो गए ।

"अरुण, ध्रुव - यह देखो कितना बड़ा पहाड़", ऋषि बोला।

"हाँ, यहाँ तो पहाड़, नदी सब कुछ है", अरुण बोला ।

ध्रुव अभी भी इतने बड़े व्यू को ऐब्सॉर्ब करने में लगा था । उन पत्थरों पर तीन बच्चों को खड़ा देखकर ना जाने अलका मैम कहाँ से आ गई और दूर से ही बोली - "ए बच्चा लोग, तुम यहाँ क्या कर रहा है ? अपने टैंट के अंदर चलो । तुम्हें पता नहीं यहाँ रात को शेर घूमता है । चारों तरफ जंगल है । हम जब बुलाएगा तब सब बच्चा लोग डिनर के लिए बाहर आएगा ।"

मैम की डांट सुनकर तीनों दोस्त फिर से टैंट में अंदर घुस गए ।

"ये अलका मैंम भी ना" ऋषि ने कोसते हुए स्वर में कहा ।

डिनर टाइम हो चुका था और सब बच्चों को डिनर के लिए बुफ़े पर बुलाया गया । मिश्रा सर ने सब बच्चों को एक-एक करके प्लेट हाथों में दी और सब बच्चे अपनी-अपनी प्लेट लेकर कुर्सियों पर बैठ गए । डिनर फिनिश करके सब बच्चों को फिर से टैंट के अंदर वापस जाने को बोला गया । सुबह वापस टैंट के बाहर 9:00 बजे रिपोर्ट करने की इंस्ट्रक्शंस दी गई । रात को सब बच्चे और टीचर्स अपने-अपने टैंट में सो चुके थे । नदी के पानी की सरसराहट और साँय-साँय के अलावा एक झींगुर का शोर ही बस सुनाई दे रहा था ।

सुबह हुई और सब बच्चे फ्रेश होने बाथरूम ढूँढने में लग गए । ऋषि ने अपना ब्रश-कोलगेट लिया और बाथरूम की ओर बढ़ा । बाथरूम, टॉयलेट सब टैंट के बैक साइड में बनाए गए थे । बोर्ड फॉलो करते हुए ऋषि और उसके दोनों दोस्त भी उसके साथ टॉयलेट्स की तरफ बढ़ने लगे । वहाँ टॉयलेट भी टैंट जैसे ही बने हुए थे । जैसे-जैसे टॉयलेट खाली होते वैसे-वैसे एक-एक बच्चा अंदर घुसने लगा । पहले अरुण गया, फिर ध्रुव और फिर ऋषि की बारी थी । ऋषि भी टैंट नुमा बाथरूम में घुसा । वहाँ बाथरूम के दरवाजे पर सिटकनी नहीं बल्कि चैन लगाई गई थी । दरवाजे में वह चेन सिस्टम बहुत अजीब था और ऋषि ने ऐसा पहली बार ही कहीं देखा था ।

खैर, ऋषि बाथरूम में घुसा तो घुसते ही उसकी हवाइयाँ उड़ गई । अंदर टॉयलेट जैसा तो कुछ नहीं नजर आ रहा था । टॉयलेट का कोई कबोड दिखाई नहीं दिया । जाकर देखा तो दो लकड़ी के फट्टे बिछे हुए थे और दोनों के बीच थोड़ा मिट्टी में ही गड्ढा किया गया था । यह देखकर

ऋषि को समझ ही नहीं आया कि यह क्या जुगाड़ किया गया है । कुछ देर में वह विश्वस्त हो गया की उसे फट्टे की हिन्दी टॉयलेट मे ही फ्रेश होना पड़ेगा ।

ऋषि बचपन से ही एक खाते-पीते घर मे पला बढ़ा था । उसके घर मे एक लक्जरी बाथरूम था । वह बचपन से ही अंग्रेजी टॉयलेट इस्तेमाल करते हुए आया था । वह जब भी कहीं अपने मम्मी-पापा के साथ सफर करता था तो वहाँ भी इंग्लिश टॉयलेट ही इस्तेमाल करता था । हिन्दी टॉयलेट से उसे नफरत थी । भले ही पेट साफ ना हो पर वह हिन्दी टॉयलेट मे जाने के बजाय कंट्रोल करने मे ही कंफरटेबल था । ऋषि के मम्मी-पापा ने उसे कई बार इस हरकत के लिए डांटा पर ऋषि दस साल का होने के बाद भी हिंदी टॉयलेट से कभी कंफर्टेबल नहीं हो पाया । आज भी उसने वैसा ही किया । वह टॉयलेट के अंदर जाकर ऐसे ही कंट्रोल किए वापस आ गया और ब्रश करके निपट गया ।

सब बच्चों ने नाश्ते की टेबल की ओर रुख किया। ऋषि ने थोड़ा बॉर्नविटा वाला दूध और एक ब्रेड ही खाया । पेट साफ ना होने के कारण उसे ज्यादा भूख भी नहीं लगी थी । नाश्ते के बाद सब बच्चों को पास की चोटी पर ट्रेकिंग पर ले जाया गया । ऊपर जाकर एक वॉटरफॉल भी था । सब बच्चे वहाँ खूब नहाए और सबने खूब मजे किए । दुपहर होते-होते लंच टाइम तक सब बच्चे नीचे टैंट मे वापस आ चुके थे । ऋषि ने फिर से लंच मे बहुत कम ही खाया । एक पराठा खाकर ही उसने अपना गुजारा कर लिया । उसका सेल्फ कंट्रोल अभी भी दृढ़ था । लंच के बाद सब टीचर्स ने बच्चों के लिए क्रिकेट, वॉलीबॉल,फुटबॉल आदि गेम्स का भी प्रबंध कर रखा था । शाम का पूरा समय गेम्स और ऐक्टिविटीस में पास किया गया ।

रात हो चली और डिनर टाइम हो गया । अरुण और ध्रुव दोनों दोस्त पेट भरके खाना दबा रहे थे । ऋषि फिर से एक पराठा खाकर ही रह गया ।

ऐसे ही गपशप और मस्ती मे रात कटी और अगली सुबह सबको वापस ऋषिकेश से गुड़गाँव की तरफ निकलना था । सुबह सब बच्चों ने फिर से अपना-अपना बेग पैक किया और नाश्ता करके निबटने लगे ।

ऋषि ने फिर आधा गिलास दूध और एक ब्रेड से अपना काम चला लिया । लगातार ऐसा देख कर उसके दोनों दोस्त उससे पूछते कि वह ठीक से खा क्यों नहीं रहा है ?

ऋषि ने ज्यादा कुछ जवाब ना दिया और इग्नोर कर दिया । वह नहीं चाहता था कि यह हिंदी टॉयलेट वाली बात किसी को पता चले और सब उसका मजाक उड़ाएं । यह सोचकर वह चुप रहा और बात टाल दी । सारी टीचर्स और बच्चे वापस बस में गुड़गांव जाने के लिए चढ़े । सब बच्चों की गिनती करके बस को स्टार्ट किया गया । दुपहर तक बस आधे रास्ते पहुँच चुकी थी और लंच के लिए बस को एक ढाबे पर रोका गया । सब बच्चों को एक-एक करके उतारा गया और रेस्टोरेंट से लंच कराया गया । ऋषि को अभी भी कुछ खास खाने पीने की इच्छा नहीं थी । तीनों दोस्त खाने की टेबल पर बैठे । अरुण और ध्रुव ने अपना खाना शुरू किया और ऋषि टेबल पर ही अपनी थाली रखकर उठ खड़ा हुआ ।

"अरुण, ध्रुव, मैं अभी बाथरूम से आता हूँ", ऋषि बोला ।

"जल्दी से आना" अरुण ने पीछे से आवाज लगाई ।

ऋषि के पेट में अब प्रेशर बना रहा था । क्योंकि बस एक रेस्टोरेंट पर रुकी थी तो शायद वहाँ बाथरूम में इंग्लिश कबोड भी मिल जाए । यह सोचकर वह रेस्टोरेंट के बाथरूम की और बढ़ा । कुछ देर पहले तक तो वह ठीक से कंट्रोल कर पा रहा था । बाथरूम का ख्याल आते ही उसके पेट में प्रेशर धीरे-धीरे बढ़ते जा रहा था । वह बाथरूम के बाहर था जिसमें तीन छोटे-छोटे टॉयलेट्स बने हुए थे । ऋषि ने दरवाजा खोलकर देखा तो दो टॉयलेट्स में फिर से हिंदी सीट ही लगी थी । यह देखकर वह फिर से रुक गया । तीसरी टॉयलेट में शायद अंग्रेजी का कबोड हो यह सोचकर उसने दरवाजा खोलने की कोशिश की पर दरवाजा अंदर से बंद था । शायद अंदर कोई था यह सोचकर ऋषि दरवाजे के बाहर खड़े होकर ही टॉयलेट फ्री होने का इंतजार करने लगा । उसके पेट में प्रेशर जोरों पर था । पंद्रह मिनट गुजर चुके थे । इतना इंतजार करने के बाद फाइनली टॉयलेट का दरवाजा खुला और एक आदमी बाहर निकाला। यह देखते ही ऋषि बाथरूम में घुसने भागा । इस बार अंदर अंग्रेजी कबोड के दर्शन हुए । यह देखकर ऋषि के चेहरे की खुशी लौट आई और उसने राहत की

सांस ली ।

ऋषि ने फटाक से चिटकनी लगाई । उसे दो दिन के बाद फाइनली पेट में राहत महसूस हो रही थी । उसके चेहरे पर एक खुशी की लहर थी जैसे क्या ही मिल गया हो ।

चूंकि सब सब लोग लंच कर रहे थे तो ज्यादा देर ना करते हुए ऋषि डायनिंग एरिया की ओर भागा । डायनिंग हाल के अंदर जाकर देखा तो वहाँ पर ना कोई बच्चा था और ना ही कोई टीचर नजर आ रही थी । उसने आसपास दौड़कर बाहर देखा पर फिर भी कोई नजर नहीं आया । उसने बस की जगह देखा तो बस भी वहाँ से गायब थी । तब तक ऋषि को यकीन हो चुका था कि बस उसे छोड़कर जा चुकी है । उसके चेहरे पर घनघोर मुसीबत साफ दिखाई दे रही थी । उसका चेहरा रोने जैसा बनने लगा और कुछ ही देर में वह सुबक-सुबक कर रेस्टोरेंट के बाहर खड़े होकर रोने लगा – *"मम्मी-मम्मी"*

यह देखकर आस-पास खड़े लोगों ने ढाबे के मालिक को यह सूचना दी । ढाबे के मालिक के पूछने पर भी वही रिएक्शन । फूट-फूटकर रोने के सिवाय ऋषि की जबान से ज्यादा कुछ नहीं निकला ।

दूसरी ओर बस चले दस मिनट बीत चुके थे और बस गुड़गाँव की दिशा में निरंतर आगे बढ़ रही थी । मिश्रा जी और अलका मैम सब ढाबे पर सेल्फी लेने में इतने व्यस्त हुए कि किसी भी टीचर को गिनती करने का कोई ख्याल ही नहीं रहा और ऐसे ही वापस चल दिए थे ।

अरुण और ध्रुव वापस पीछे वाली सीट पर ही बैठे थे । थोड़ी देर के बाद वह ऋषि को बस में में ढूँढने लगे पर ऋषि पूरी बस में कहीं नहीं था ।

"मैंम ऋषि बस में नहीं है" अरुण बोला ।

यह सुनते ही सारे टीचर्स का मुँह हक्का-बक्का रह गया । तुरंत ड्राइवर को बस रोकने के लिए कहा गया । ड्राइवर ने फौरन ब्रेक लगाई और बस सड़क के साइड में रोकी । टीचर्स ने अब गिनती करी और एक बच्चा बस से गायब था । जाहिर था वह गायब बच्चा ऋषि ही था । सब टीचर्स के चेहरे से हवाइयाँ उड़ गईं ।

"शायद ऋषि ढाबे पर ही रह गया है" मिश्रा जी बोले ।

ज्यादा कुछ सोचने का समय नहीं था। सब ने सलाह बनाई और कोई विलंभ ना करते हुए ड्राइवर को वापस बस मोड़कर ढाबे पर चलने के लिए कहा गया। आधा घंटा बीत चुका था। बस वापस ढाबे के बाहर रुकी। सब टीचर्स तुरंत बस से उतरे और आसपास चिल्लाने लगे - "ऋषि, ऋषि"

घूमते-घूमते टीचर्स ढाबे में पहुंचे और देखा वहाँ लोगों की कुछ भीड़ लगी हुई थी। भीड़ में अंदर जाकर देखा तो ऋषि एक चारपाई पर बैठा सुबक-सुबक कर रो रहा था और लोग उसे घेर कर खड़े थे। सारे टीचर्स एक साथ बोले - "ऋषि तुम यहाँ कैसे रह गए ? तुम कहाँ चले गए थे ?"

"बस में क्यों नहीं चढ़े ?" मिश्रा जी बोले।

ऋषि को अपनी आँखों के सामने देखकर अंततः सब टीचर्स की जान में जान आई। ऋषि को ठंडा पानी पिलाया गया और थोड़ी देर में वह चुप हो गया। अंदर से अभी भी ऋषि सहमा हुआ था। टीचर्स वापस ऋषि को बस में ले गए और ढाबे के मालिक का धन्यवाद किया। बच्चों की गिनती फिर से की गई और सब ठीक होने के बाद बस फिर से गुड़गाँव की ओर अग्रसर हुई। ऋषि अपने दोस्तों के साथ बैठा था पर ज्यादा कुछ बोल नहीं रहा था। अरुण और ध्रुव दोनों ने उसे चियर-अप करने की कोशिश की पर वह ठीक से नहीं बोल रहा था।

ऋषि के साथ घटी उस घटना ने उसको पूरी तरह हिला कर रख दिया था। अब उसे अपने मम्मी पापा की कही सारी हिदयतें याद आने लगी थीं। ***समय और स्थान के हिसाब से हमें अपने आपको ढालना पड़ता है।*** समय पर जो मिल जाए वही बेहतर। अब ऋषि हिन्दी और अंग्रेजी टॉयलेट मे फर्क नहीं करेगा, ऐसे खयालों के साथ ऋषि अपने दोस्तों के साथ फिर से घुलने–मिलने लगा। सारे दोस्त फिर से अपनी चटर-मटर बातों मे लग गए।

खण्ड - II

काव्य संग्रह

6

उड़ता पंछी

ओ पंछी सरताज गगन के,
तुझे ना कभी कोई पिंजड़ा भाया
उड़ना तेरी निराली शान,
चहचहाना एक मधुर है गान ।

मस्त होकर तू डोल रहा हवाओं में,
पेड़ों की उलझी लताओं में,
नीले अंबर की छांव में,

मुझे भी ले चल तू अपने संग,
मैं भी देखूँ दुनिया के रंग,
काश !, मेरे भी पंख उग जाएं
आजादी की नई उमंग भर आए ।

यूँ तो, क्यूँ ना पिंजड़ा सजा हो,
सोने-चांदी के तारों से,
या फिर ऐशों आराम,
और, अनेकों वैभवों से,
पर तुझे यह रास ना आया ...

ओ पंछी सरताज गगन के,
तुझे ना कभी कोई पिंजड़ा भाया ।

7

अनुभव एक सफर का

राह देखते ,आँख तकते
उस पगडंडी की ओर
जिधर देख खत्म हो इंतज़ार
अगर आए कोई शोर

कि इतने में कुछ आवाज आई - छुक-छुक-छुक
सवारी सब मिलकर बोले – रुक- रुक-रुक

ठेलमठेल में भिड़ गए सब
झटका सा मानो एक लगा
मैं भी था डब्बे के एक
कोने में था जा पड़ा

वातावरण था, धूम्र-धूम में खोया हुआ सा
अधमरा सोया हुआ सा,
सीट देख बैठा ही था कि
झटका फेरी एक लगा

बस फिर क्या था
धरती चले अंबर सा डोलने लगा
जैसे बैठ किसी झूल पर
हय सवारी करने लगा

इमारतें थीं घट रहीं
खुले समुद्र का सा तल बना
पक्की सड़के घटी, लखी मेढ़े खेतों से
आनंद का समा घना

वृक्ष सीधे ज्यों खड़े
जैसे देख सिपह कमांडर को
झाड़ी पत्ते ऐसे डोलें
जैसे स्पर्श किसी बवंडर को

गूँज यूँ टरेन की
ज्यों शोर कलखाने में
इतने में आँख लग गई
सीट के सिरहाने में

फिर एक झटके से मानो
सपना सा कोई टूट गया
देखा तो गाँव का झिलमिल नजारा
सामने था आ गया

बस ऐसा था रोमांच भरा
सफर एक टरेन का
मानो अनुभव हो किसी
यादगार स्वप्न का ।

8

मैं कौन हूँ

मैं कौन हूँ ?
मैं क्यों यहाँ आया ?
और मेरा इस जग में काम क्या ?
मैं क्यों बनाया गया ?
और मेरी राह क्या है ?

ना जाने किस कारण से
लोग यहाँ आते हैं
ना जाने किस कारणवश
एक दिन मिट्टी में मिल जाते हैं ।

वह भी क्यों यहाँ आते हैं
जो कली बनते ही मुरझाते हैं
और वह भी क्यों चले जाते हैं
जो फूल आँगन महकाते हैं ।

क्यों, क्या वह लेकर आया है
क्या वह लेकर जाएगा ?
एक दिन सब कुछ
यहीं रखा रह जाएगा ।

क्यों ही वह सुकर्म करता
क्यों ही करता दुष्कर्म है
क्या इसके पीछे भी छुपा
क्या कोई गहरा षड्यंत्र है

क्यों ही मन में लहरें उठतीं
क्यों ही बहता सैलाब है
क्यों एक दिन की चांदनी
फिर अंधेरी रात है ।

क्यों यह सब एक पहेली है
जो रहती सबसे अंजानी है
क्यों, कौन इसे हल करेगा
किसको यह सुलझानी है
मैं कौन हूँ ?
मैं क्यों यहाँ आया ?

9

एक लम्हा

यूँ थिरखते हाथों से
लम्हा सा एक गुजार दिया
हाथों में लेकर कलम
लकीरें कुछ अटपटी सी
मिल गई एक साथ
नया एक आकार मिला
देखा तो यह क्या ?
सुंदर चित्र उभर आया कागज पर

रंगों का जब साथ मिला
रंगों का कुछ अजब समां
एक बेजान चित्र में जैसे
नव जीवन था थमा।

10

आह ! एक सूखे कंठ की

आह! एक सूखे कंठ की
सुनो तो ज़रा क्या कहती है
कहानी मेरे जीवन की
भला क्यों यह दबी रहती है

क्यों ही लोग भूखे पेट सोते
क्यों ही जलता उनका पेट है
क्यों, क्या यह उनका हाल
उन्हीं के लिए बनाया गया है

क्यों हो रहा है यह उनके साथ
क्यों ही ईश्वर चुप है
क्यूँ, कोई सोचता नहीं उनके लिए
क्या यही ईश्वर की देन है

ना हो अगर जग में कोई भूखा
ना ही कोई कमजोर हो
तो क्यों किसी चौखट पर
कहीं कोई मचता शोर हो

हम सब ईश्वर की संतान
फिर क्यों यह अन्याय सही
क्यों एक को भूख दी तो
दूसरे को निवाला सही

क्यों ? क्या यह दुनिया नहीं बदल सकती ?
क्या नहीं हो सकते सब एक समान ?

क्या ईश्वर ने ऐसी भी कोई दुनिया बनाई है
या फिर सब जग हैं एक समान

आह ! एक सूखे कंठ से
जब-जब एक निकलती है
तब-तब क्या पत्थर भी नहीं पिघलेंगे
या फिर ,आह सूखे कंठ की
यूँ ही दबी रह जाएगी

आह ! एक सूखे कंठ की
सुनो तो जरा क्या कहती है
कहानी मेरे जीवन की
भला क्यों यह दबी रहती है ?

11

मैं बहुत कुछ करना चाहता हूँ

मैं बहुत कुछ करना चाहता हूँ
जो अंधकार में जी रहे हैं
उन्हें प्रकाश किरण दिखाना चाहता हूँ
जो कल्पनाओं में हैं खोए हुए
उन्हें सच्चाई से अवगत कराना चाहता हूँ ।

जो हारे हुए जीवन से उनमें
उत्साह की एक लहर लाना चाहता हूँ
जो डरते हैं परिस्थितियों से
उन्हें संघर्ष राह दिखाना चाहता हूँ ।

जो हैं छिपे दीवारों में
उन्हें दुनिया की सैर कराना चाहता हूँ
जो दीन दुखी हैं इस जग में

उनके कृतार्थ कुछ करना चाहता हूँ ।

शायद यह जीवन भी कम पड़ जाए
लेकिन जब तक जीवन की शाम ना ढल जाए
जब तक आशा का दीपक ना बुझ जाए
तब तक परमार्थ का मार्ग अपनाना चाहता हूँ
मैं बहुत कुछ करना चाहता हूँ ।

12

आशियाना

ना कोई नीड है,
ना कोई चहचहाता है
बस खोखली टहनियों के तले
कहाँ कोई आशियाना ढूँढता होगा

ना पत्ता कोई हिल रहा,
ना झूम रही टहनी कोई
फिर कहाँ तेज धूप में कोई
वहाँ आशियाना ढूँढता होगा

ना कोई आवरण,
ना ही कोई शरण है
फिर कहाँ बरसाते सावन में
वहाँ कोई आशियाना ढूँढता होगा

ना कोई सहारा रसहीन शाखाओं में

ना कोई फूटता रसफल है
फिर कहाँ कोई विपत्तियों में,
वहाँ कोई आशियाना ढूँढता होगा

बस लालिमा छाते अंबर के तले
एक समा अपना होगा
जब ठंडी शीतल सुख छाया में
कोई आशियाना ढूंढता होगा।

13

तीन पत्ते

वह तीन सूखे पत्ते
टहनी से कुछ अलग ही
जैसे उनकी दुनिया न्यारी
और ...
खफा हैं किसी से
एक नजर देखा लगा
तीन साथी एक मंजिल के
जैसे ...
चल दिए बिना किसी सहारे के
और...
अपनी ही धुन में
लेकिन यह क्या
एक दिन किसी वेग से
गिरे सीधे धरा पर
और ...
एक आह के साथ विलीन हो गए ।

ओ राही अपनी मंजिल के
दुख: ना गम कभी अपना
जब तक कदम हैं चलते हुए
तब तक किसी का साथी बन
एक दिन साथ छूटना ही है
इसलिए ...
प्रेम राह पर चलता चल
नहीं तो एक दिन
विलीन हो ही जाना है
उन सूखे तीन पत्तों की तरह ।

14

अगर

अगर मैं भी होता एक खिलाड़ी
दो चार होतीं बंगला-गाड़ी
नौकर-चाकर और भी होते
तो शायद ना करने पड़ते ये समझौते
अगर मैं भी होता एक खिलाड़ी।

अगर मैं भी होता एक किनारा
डूबे को मिलता एक सहारा
लहरों पर अपना घर होता
नदियों का हमजोली होता
अगर मैं भी होता एक नदी किनारा।

अगर मैं भी होता एक पतंग
मुझमें भी होते कई रंग
कदम-कदम पर मैं लहराता
हवाओं का साथी बन जाता
अगर मैं भी होता एक उड़ती पतंग।

अगर नहीं भी होता एक जवान
बन पाता अपने देश की शान
मिट जाता मैं देश पर अपने
शायद कुछ ऐसे होते मेरे सपने
अगर मैं भी होता एक वीर जवान।

15

मजदूर

तपती धूप हो या ठंड
काम करता है,
लेकिन फिर भी सब सहता है
उसकी क्या ज़िंदगी है
जो इतने दर्द सहता है
फिर भी अपने परिवार का पालन करता है
क्यों ?
कोई नहीं जो समझे उसे
अगर कुछ नहीं कर सकते उनके कृतार्थ
ईश्वर से प्रार्थना तो कर सकते हैं
कि कुछ गम ही कम हो सकें उसके

सतीश कुमार

काम के बाद
फटे पुराने कपड़ों में
कुछ बांधकर अपनी पोटली मे,
चल दिया अपनी राह
देखा ...
कोई र।ह तक रहा है
इतने में क्या होगा ?
बोली वह
पर क्या करें ?
भाग्य ही यही है
धन्य है ईश्वर, इतना तो मिला
फिर हो लिया
टूटी चारपाई के बिछौने पर ।

सुख और दुःख दोनों ईश्वर की देन हैं

समझते हैं वे
यह सब तो चलता रहता है
और फिर अगले दिन
निकल पड़ता है काम पर
लेकर नई आशाएँ
एक मजदूर ।

16

एक दिन सूरज चमकेगा

एक दिन सूरज चमकेगा
काली घटाएं छट जाएंगी
आज नभ में यह कैसा शोर
घनघोर घटाएं हैं छाईं
इस जीवन में जैसे
अंधकार हैं भर लाईं

आज मन खामोशी में डूबा हुआ
प्रकाश किरण अद्रश्य है
लेकिन यह क्यों भूल रहा
खामोशी ही तूफां का आश्य है

ना फिक्र कर घटाओं की
घटाओं में ही छिपा चमकता आकाश है
एक दिन इसी अम्बर में कहीं
तेरा भी सूरज चमकेगा।

लेकिन इससे पहले तुझे
साँवन एक बरसना है
जलधार के वेग से लड़ जाना है

लहू पसीने का रंग,
जब उसमें लहराएगा
तभी जीवन में एक
नया निखार आएगा

फिर इन्द्रधनुष एक अनोखा अम्बर में
जिसमे तेरा भाग्य रंग झलकता होगा
मन जिस पर तेरा बैठ सवार,
मुस्काता होगा
एक दिन सूरज चमकेगा
काली घटाएं छठ जाएगी ।

17

हमारा गणतंत्र

एक संघर्ष था आजादी का यह गणतंत्र हमारा
जिसे दे दिया वीरों ने अपना जीवन सारा
लेकिन, एक आजाद गणतंत्र बनना ही था
इस देश को खुशहाल बनना ही था ।

चलीं कुटिल चालें अंग्रेजों ने
चले षड्यन्त्र लाखों फिरंगियों ने
लेकिन चलन ना पाया आगे ये राग
जैसे हनुमान की पूँछ मे लगन ना पाई थी आग ।

जय हिन्द, जय भारत !

आए अनेकों वीर अब आगे
गांधी जी आगे-आगे भागे
जेल तक जाना स्वीकार किया
अंग्रेजों से देश आजाद किया ।

अब हो गया जब भारत गणतंत्र
नही होने देंगे इसे परतंत्र
ठान लें ये संकल्प करें आज
अब हम ही करेंगे इस पर राज ।

वीरों का सपना सच हुआ था

सतीश कुमार

बाल, पाल, लाल का नारा सफल हुआ था
कि आजादी जन्मसिद्ध अधिकार रहेगा
अब यह मंत्र सारा देश कहेगा ।

18

मेरे गाँव में

बहुत कुछ है मेरे गाँव में
गाँव के छोटे-बड़े खेतों में देखो
खेतों में लहलहाती फसलों को देखो
हरे-भरे वृक्षों को देखो
वृक्षों के नीचे छांव को देखो
मेरे गाँव की पहचान अलग है ।

सतीश कुमार

गाँव की कोमल पवनों को पहचानो
स्वच्छ नीले अंबर को देखो
गाँव की षटऋतुओं को देखो
गाँव की मस्तानी सुबह को देखो
अंधेरे में ढलती शाम को देखो
मेरे गाँव का कुछ अजब समां ।

गाँव के प्रत्येक आदमी को देखो
हर आदमी की दिनचर्या को देखो
उनके साधारण जीवन को देखो
हर बच्चे बूढ़े में देखो
मस्तानी सुबह और अलबेली शाम को देखो
मेरे गाँव का जीवन अलग है
बहुत कुछ है मेरे गाँव में ।

19

जीवन नहीं ठहरता

जीवन तो जीवन है,
जीवन नहीं ठहरता।
जीवन की एक ही सुबह है,
एक शाम है
जो रात से पहले आती है
और...
देती मनुष्य को चेतावनी
संभल जा अब तो तू,
जो करना था कर चुका,
अब रात निकट है
शुरू होने वाली है अंतिम यात्रा
शायद फिर वापस ना मिलें
इसलिए...
बांध ले कर्मों की पेटी,
हंस उड़ता है अकेला
एक दिन, पंख पसार
उड़ जाएगा
जीवन तो जीवन है,
जीवन नहीं ठहरता।

20

सुबह हो रही है

जैसे जल रहा हो दीपक
तिमिर को भी जला रहा है ।
और ...
अंधे की आंखें खुल रहीं हों जैसे
देखता है तो
नजर आता है सब कुछ
आँखें खुल रही है नींद से
मैं भी देख सकता हूँ
गगन में लाल-लालिमा सी,
कुछ नीला-पीला रंग सा,
जैसे श्वेत बर्फ़ पर बिखरा हो
और...
जैसे हीरे पर थोड़ा प्रकाश,
चमक उठता है ।
उठकर देखा तो
सूरज उदय हो रहा है
सुबह हो रही है ।

21

काली घटाएं

आ रहा हूँ मैं, आ रहा हूँ मैं
काली घटाओं के छाते ही, आ रहा हूँ मैं
मैं बरसुंगा, फिर बरसुंगा, बिजली की गड़गड़ाहट के साथ
मैं बरसुंगा फिर बरसुंगा, मयूर नृत्य के साथ
मैं भी था इंतजार में
कब प्यासों की प्यास बनूँगा
कब मैं बरस-बरस कर
जग की तृष्णा तृप्त करूंगा

मैं बरसुंगा, फिर बरसुंगा
आ रहा हूँ मैं, आ रहा हूँ मैं
काली घटाओं के छाते ही, आ रहा हूँ मैं ।

22

मिलन

आँखें खोलीं इस जग में जब
जीवन से पहला मिलन किया
अपनों का सहारा पाकर
इस दुनिया को जान लिया।

फिर नन्हा सा बचपन अनोखा
सोच समझ जब कच्ची थी
मिट्टी के खेल खिलौनों से
गहरी दोस्ती कर ली थी।

आगे अब कदम बढ़ाया
युवा पीढ़ी से मिलन किया
नए-नए संगी साथियों से
प्रेम मिलाप गाढ़ा किया ।

अब सोच समझ थी पक्की

हो गया घर-गृहस्थी से मिलन
शोक चिंताओं में इतना डूबा रहा
कि अपनों में ही बस रहा मगन।

फिर आ गया जब बुढ़ापा
जीवन का सूरज ढलने लगा
मृत्यु अभी बाकी थी कि
उससे भी मिलन कर लिया।

ये जीवन चक्र चलता रहता
ना ही कभी समय थमता
राही तू भी चलता चल
मिलन की राहें और भी हैं।

23

बिल्ली

आ रही है पूंछ हिलाती
करती हुई म्याऊँ-म्याऊँ
जैसे डर रही हो किसी से,
देखती इधर-उधर
फिर अचानक मेरी नजर पड़ गई
देखते ही...
सहम गई हो जैसे
और ...
गोद में उठाकर
एक हाथ फिराया
पर वह तो भय की मूरत
कूद पड़ी हाथों से
और कहाँ गायब हो गई
दिखाई नहीं दे रही है
दूध यूँ ही रखा है
तभी
आ गया वह भी पूँछ हिलाता,
और पी गया सारा दूध
जिसे बैर हो उससे ।

24

मुस्कान

होंठों पर मीठी मुस्कान
जब कली बनकर खिल उठे
तब सोए आँगन में जैसे
सांवन सा कोई बरस उठे।

होंठों पर कोमल मुस्कान
जब पक्षियों जैसी चहचहा उठे
मंत्रमुग्ध यूँ कर दे सब को
सुर संगीत का ताल मिले।

होंठों पर एक न्यारी मुस्कान
जब ठंडी हवाओं जैसी सरसराए
तब जड़ जीवन में जैसे
नई ताजगी भर आए।

होंठों पर प्यारी मुस्कान
जब शिशु के मुख से प्रवाहित हो
तब माँ के मन में जैसे
ममता का सागर लहरे ।

25

अब सांवन दूर नहीं

अब मौसम कुछ बदला हुआ
गर्म हवाओं का जोर कम हो गया अचानक
हवाएँ सरसराती हैं
धूल कणों से पूर्ण
वातावरण धुंधलाता है
मिट्टी की व्याकुलता अब
शांत होने वाली है
देखो कुछ बूंदे गिर रहीं धरा पर
अब कुछ शीतलता है
पवनों ने भी शीतलता ग्रहण कर ली है ।

मन डोल रहा मेरे आँगन में
अनेकों परिवर्तन हैं छा गए
बाल क्रीड़ाएँ कर रहे
देखो कुछ ज्यादा समय नहीं है
जब बरसेगा मेरे आंगन
रिमझिम रिमझिम करता एक सांवन
कि अब सांवन दूर नहीं ।

26

किरण

श्वेत रेखा सी सूरज किरण
सुबह-सुबह घर में पाकर शरण
अंधियारा, दूर करती
उजाले का स्वागत करती ।

सुबह सुबह एक सूरज किरण
जब-जब आँखों पर पड़ती
तब-तब मानो किसी वेग से
आलस्य हमारा दूर करती ।

सतीश कुमार

सुबह-सुबह एक सूरज किरण
चाहे कितना भी कर लो जतन
लेकिन खिड़की या दरवाजे से
घर मे पा लेती है शरण
श्वेत रेखा सी सूरज किरण ।

27

फूल

फूल जहाँ माला में अगर
वहाँ उसकी दुनिया न्यारी
हृदय में प्रेम दीप जला
स्वयं यूँ जल जाते हैं।

फूल जहाँ गुलदान में अगर
वहाँ उनकी खुशबू न्यारी
अपनों से बिछड़ कर
समर्पित यूँ हो जाते हैं।

फूल जहाँ चमनिस्तान में अगर
वहाँ उनकी रंगत न्यारी
अपनी अनोखी मुस्कान से
आँगन को महका देते हैं।

28

जीवन

जीवन है एक ऐसी नौका
जिसमे मिलता एक बार ही मौका
मुसाफिर उस पर बैठ सवार
जो करती उसे भव से पार
जीवन है एक बहती नौका ।

जीवन है एक ऐसा सागर
जिसमे भरता हर कोई गागर
दुख और सुख दोनों हैं इसमे
चिंतित सभी रहते हैं इसमें
जीवन है एक गहरा सागर ।

जीवन है एक ऐसा गीत
जिससे रखता हर कोई प्रीत
हंसते रोते इसे तुम गाना
परमार्थ को भूल ना जाना

जीवन है एक मधुर संगीत।

जीवन है एक ऐसा सपना
जिसे समझता हर कोई अपना
एक दो दिन की है जिंदगानी
फिर बन जाती एक कहानी
जीवन है एक सुंदर सपना।

29

घड़ा

मिट्टी का बना हुआ
एक दिन मिट्टी में मिल जाएगा
लेकिन जब तक है बना हुआ
तब तक बहुत कुछ कर जाएगा
प्यासों की तृष्णा तृप्त कर
कंठ में मिठास ला देता है
अपने परमार्थ से यूँ
पुण्य बहुत कमा लेता है।

ना जाने कब तकदीर से टकराए
यूँ ही पड़ा रह जाएगा
यह मिट्टी का बना हुआ
एक दिन मिट्टी में मिल जाएगा।

इंसान भी पंचतत्वों का बना हुआ
एक दिन मिट्टी का साथी बनेगा

लेकिन तुझमें तो प्राण भी हैं
फिर क्यों नहीं कुछ करेगा
ना फिक्र कर मिटने की
ना ही किसी का इंतजार कर
लेकिन जब तक है बना हुआ
तब तक कुछ परमार्थ ही कर
क्यूंकि ...
मिट्टी का बना हुआ
एक दिन मिट्टी में मिल जाएगा।

30

मेहनत

एक दिन मेहनत रंग लाएगी
ना घबरा मेहनत करने से
आलस त्याग उठ खड़ा हो
देख मंजिल निकट है
ओ मंजिल के राही
अपने कदम बढ़ाता चल।

ना कांटो की फिक्र कर
ना थकान का एहसास कर
बस राह पर अपने
निशान तू बनाता चल।

सच्चाई से ना नाता तोड़
मेहनत एक सच्चाई है
ना डर आंधी तूफाँ से
ना तेज जलती धूप से

राह का साथी बनता चल

ओ मंजिल के राही
अपने कदम बढ़ाता चल
एक दिन मेहनत रंग लाएगी
ना घबरा मेहनत करने से।

31

हम वतन के दीवाने हैं

हम वतन के दीवाने हैं,
वतन पर मिटना जानते हैं
मौत की फिक्र है किसको
एक दिन जिस गले लगाना है
क्यों ना जब तक हैं जी रहे
अपने वतन के लिए कुछ काम ही आ जाएं ।

मौत की परवाह वो करते हैं
जो डरते हैं खामोशी से
लेकिन जो सरहद पर दर्द सहते हैं
उन्हें मौत से डर कब लगता है ।

मौत कब दस्तक दे जाए
किसको क्या पता

हम तो बस इतना जानते हैं
कि जब तक आखिरी सांस बाकी है
तब तक लड़ते रहेंगे अपने वतन के लिए

हम वतन के दीवाने हैं,
वतन पर मिटना जानते हैं ।

32

अमृत

जल अमृत है
जल की हर एक बूंद में जीवन ।
जल झीलों में, नदियों में है
ऊंची-ऊंची वादियों में है
जल से भरा विशाल सागर है
जल धरती की गहराइयों में है
जल बिना कहीं जीवन नहीं
जल के बिना प्रकृति नहीं
जल ही तृष्णा तृप्त करता जीवों की

जल सागर और नदियों से उठकर
जब बादलों में बन जाता है
तब वर्षा रूप में धरती पर
बरस-बरस कर आता है ।

जल की प्यासी यह धरती तब
अनेको कंठ गीला करती है
जल है अगर धरा पर तो

वनों का यहाँ आशियाना है ।

पर आज मनुष्य अपने हाथों से
जीवन अपना जलाता है
सोचो कहीं भी ना हो जल
नहीं बरसेगा फिर कोई सांवन
ना ही प्यासों की प्यास बुझेगी
तो इस जग आंगन में कैसे
सोचो हाहाकार मचेगी ।

फिर जल ही जलाएगा सबको
ना किसी आग की जरूरत होगी
जीवन का फिर यह कैसा अंत
कहाँ ही फिर अस्थियाँ बहेंगी ?
जल अमृत है
जल की हर एक बूंद में जीवन ।

33

शाम

यह शाम अलबेली, मस्तानी
रहती क्यों मुझसे यूँ अनजानी
कहती यूँ मुझको ना भाती
दिन की धूप, रातों की चांदनी

मैं तो अकेली बनकर रहती
यूँ अनजानी
कहती प्रतिबिंब ढूंढती मैं
चारों दिशाओं में
आकाश में, जल में
हवाओं की अलमस्त बहारों में
यह शाम अलबेली मस्तानी
रहती क्यों मुझसे यूँ अनजानी ।

34

मनोरथ

ज्ञान ऐसा मिल जाए मुझे
अंधकार का दीप बुझे
जिसमें हो केशव का उपदेश
जिसमे विचलित चित्त को स्थिर कर
दिया था धर्मनीति संदेश।

ज्ञान ऐसा हो जिसमें
ईश सुत हो प्रमाण
जिस दयासागर ने तार दिए
कितने ही अनगिनत प्राण।

ज्ञान ऐसा हो जिसमें
गौतम बुद्ध का आत्म परिनिर्वाण
जिससे मन पावन हो
सुनकर शब्दों के बाण।

ज्ञान ऐसा हो जिसमें
नयन बिन सूरदास ने कर दी हो ईश जय

और किसी ने रच रच दिया हो
जैसे राम नाम वाङमय ।

इस पार्थिव देह की
साध ही यही है
मनोरथ पूर्ण हो तो,
सांसारिक व्याधि क्षण भर में हर ली है ।

ज्ञान ऐसा मिल जाए मुझे,
राजसी ज्ञान मिल जाए मुझे ।

35

देश के लिए

आओ कुछ करें देश के लिए
हाथों में बंदूक नहीं तो क्या हुआ
दिलों में हौसला तो है
देश की रक्षा के लिए
हम जान भी दाव पर लगा सकते हैं।

एक सिपाही ना हुए तो क्या हुआ
इरादे बुलंद तो हैं
अपने देश के सम्मान के खातिर
कुछ लहु की धारा भी बहा सकते हैं।

एक आम नागरिक हुए तो क्या हुआ
एक भारतीय तो हैं
देश के गौरव के लिए
अपना सब कुछ लुटा सकते हैं।

आओ कुछ करें देश के लिए।

36

वंदना

एक ईश्वर, एक रूप, एक ही है स्वरूप
जिसके लिए भर दिया, मैंने भक्ति रूपी कूप
प्रेम साधना का उसमें मिलाकर अमृत
कर दिया तन-मन, उस अखंड मूरत पर अर्पित
जीवन उस पर पूर्ण समर्पित ।

प्रेम जला दीप, कर जोड़ की अभ्यर्थना
हे प्रभु ! करता रहूँ, आजीवन तेरी ही वंदना
पुष्प ऐसा झोली मे डाल, दो मुझको ऐसा वरदान
सपना साकार हो, बन जाऊँ अपने देश की शान
हे ईश्वर दो ऐसा वरदान ।

तेरी ही यह काया-माया, तेरा ही भ्रम जाल है
बैठा पंछी, तेरे सींचित तरुवर की ही डाल है
बना रहा अज्ञान मिटा कर, तेरे अगोचर रूप का ध्यान
लेकिन तू तो मन मूरत में, समझ ना सका इंसान ।

हे ईश्वर दो सत्यरूपी ज्ञान
एक ईश्वर, एक रूप, एक ही है स्वरूप ।

37

विद्यार्थी और समाज

देश का, समाज का, अवलंब एक होनहार विद्यार्थी
जो समाज का बन सकता, एक सच्चा सारथी
नूर इसका कर रहा उज्जवलित, सकल दिशाएँ
जो हर पथिक को दिखाएँगी नई राहें ।

समाज से रिश्ता उसका, ज्यों दूध मलाई का
प्रथक हो तो जैसे, मांझी बिन किसी नाव का
देश का गौरव यह विद्या मार्ग अपनाएगा
जिससे सम्पूर्ण राष्ट्रीय एक, सूत्र मे गुँथ जाएगा ।

गांधी, पटेल, भीम सा, कहाँ मिले देश को वरदान आज
जिनकी शिक्षा पर आज तक, अडिग रहा भारतीय समाज
शिक्षा वही जो परिचारक बने उपहार में
और विद्या का मंथन कर, निचोड़ दे समाज में
विद्यार्थी है वही, जो अपनी लीक पर चला
जिसकी प्लावित धरा पर परमार्थ का पुष्प खिला ।

38

परीक्षा

हाय ! परीक्षा, हाय ! परीक्षा
कैसी मुसीबत ये परीक्षा

दिन रात पढ़ना पड़ता
खेल-कूद सब छोड़ना पड़ता
क्रिकेट-टीवी सब बंद हो जाते
किताबों मे सिर्फ ध्यान लगाते
बच्चे सोच-सोच घबराते
अगर अच्छे अंक ना आते

मम्मी पापा की डांट जब पड़ती
तब मुसीबत और भी बढ़ती

आओ भाई हम भी पढ़ें
कुछ तो अच्छा करें
नाम सबका यूँ रोशन करें
अपनी परीक्षाओं को पास करें

हाय ! परीक्षा, हाय ! परीक्षा
कैसी मुसीबत ये परीक्षा ।

39

आत्मनिर्भरता

विद्वानों ने ठीक कहा है
नम्रता ही स्वतंत्रता की जननी माता है
परंतु आज मानव का यह कहना है
भ्रम, अहंकार वृत्ति ही उसकी आशा है ।

कटु सत्य से अनजान है वह
अपने पराए से अज्ञान है वह
जो उसका सर्वनाश करती है
फिर भी अपरिचित बनी रहती है ।

कथन यह ठीक हो या ना हो
स्वयंत्रता मे नम्रता का मेल हो या ना हो
लेकिन जो मर्यादापूर्वक रहता है
वही गुण उसके लिए अनिवार्य बन जाता है ।

इस बात का स्मरण रखना होगा

सबका आदर करना होगा
आत्मनिर्भरता का गुण है यह
सबका कहना है यह ।

सदैव यह बातें याद रखो
आत्मनिर्भरता का शृंगार करो
जो यह गुण अपनाएगा
एक सच्चा युवा कहलाएगा ।

40

राही एक राह का

मनुष्य मुसाफिर एक राह का
यूँ ही चले जा रहा है
ना जाने कहाँ मंजिल उसकी
कहाँ आशियाना है

दिशा नहीं जो व्यक्ति को, अंधकार मे ले जाती है
राह वही जो घुटते तिमिर में भी
दीपक एक जला देती है
जिसका उजियाला मशाल बन
कदम-कदम पर साथ देता है
जैसे धूप मे भटकते राही को
शीतल छायां का एहसास होता है ।

जिंदगी की राह पर, चलते हुए राही
याद रखना ठोकरें बहुत हैं राह में
मुश्किलें दीवार बनकर खड़ी होंगी

हृदय को पिघलाने वाली मशालें घिरी होंगी
लेकिन तुझे तो जलना है
फिर देख कैसे चमकेगी तेरी राह मंजिल तक

मनुष्य मुसाफिर एक राह का
यूँ ही चले जा रहा है ।

साहिल और मैं

मैं एक साहिल हूँ। साहिल जो डूबते को सहारा दे सके। लेकिन आज मेरे मन में यह प्रश्न चिन्ह कैसा?

आज मेरा मन भयभीत है। मैं कहीं सागर की ऊँची-ऊँची लहरों में ही डूबकर ना रह जाऊँ। मुझे आज डर लग रहा है। वह साहिल जहाँ से कश्ती अपनी यात्रा शुरू करती है वह स्वयं आज भवरों के बीच फंसा चला जा रहा है।

क्यों?, फिर कौन उस कश्ती को सहारा देगा? कौन डूबते को सहारा देगा?

मेरा भी सपना है कि मैं भी किसी का सहारा बनूँ। शायद अपने पास पड़ोस का, समाज का या फिर अपने देश का जिसके भारतीय होने पर मुझे गर्व है। मैं यहीं का रहना चाहता हूँ। इसकी मिट्टी में लोट लोटकर बड़ा होना चाहता हूँ। यहाँ की ग्रीष्मकाल की तपती गर्मी को झेलना चाहता हूँ। शरद ऋतु की ठंडी हवाओं का स्पर्श पाना चाहता हूँ। बसंत मे प्रत्येक फूल की खुशबू का आनंद लेना चाहता हूँ।

मैं यहीं का हूँ और यहीं का रहना चाहता हूँ, क्यूंकि, यह पंचतत्वों से बना शरीर एक दिन यहीं की मिट्टी में विलीन हो ही जाएगा।

लेखक की अन्य किताब

मॉनसून express

www.ingramcontent.com/pod-product-compliance
Lightning Source LLC
LaVergne TN
LVHW022101200926
848481LV00003B/1022
* 9 7 9 8 9 0 2 0 7 5 2 7 1 *